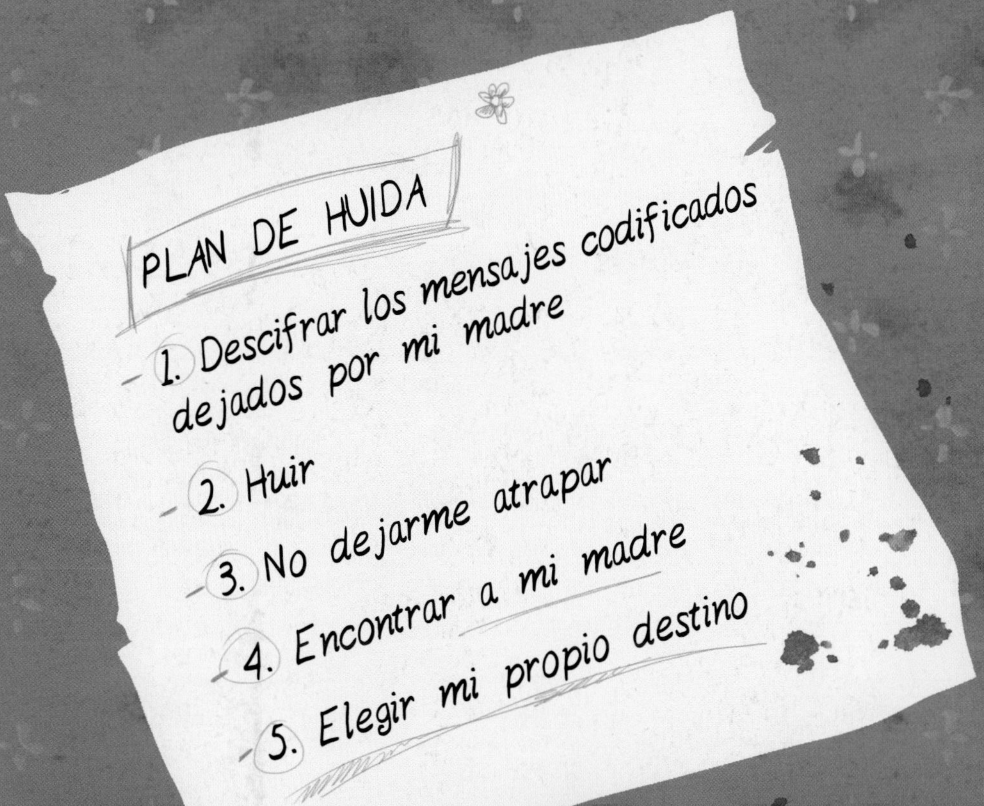
PLAN DE HUIDA
1. Descifrar los mensajes codificados dejados por mi madre
2. Huir
3. No dejarme atrapar
4. Encontrar a mi madre
5. Elegir mi propio destino

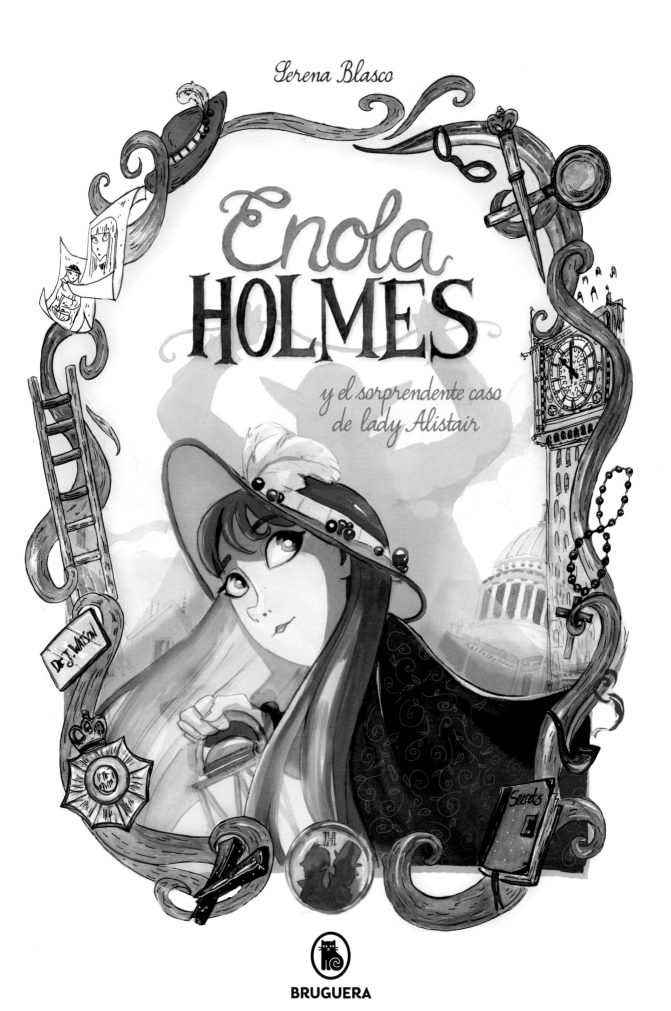

Serena Blasco

Enola HOLMES

y el sorprendente caso
de lady Alistair

BRUGUERA

Papel certificado por el Forest Stewardship Council®

Título original: *Les enquêtes d'Enola Holmes. L'affaire Lady Alistair*
Primera edición: septiembre de 2019
Segunda reimpresión: mayo de 2021

© 2010 by Nancy Springer
© 2019, Penguin Random House Grupo Editorial, S. A. U.
Travessera de Gràcia, 47-49. 08021 Barcelona
Graphic adaptation © Jungle! 2016, by Serena Blasco
Jungle! y el logo de Jungle! ® 2016 Steinkis Groupe www.editions-jungle.com
All rights reserved. Used under license.
© 2019, Regina López Muñoz, por la traducción
Tipografía en cubierta e interiores Poem X Poem

Printed in Spain – Impreso en España

ISBN: 978-84-02-42291-0
Depósito legal: B-15.212-2019

Compuesto en Comptex & Ass., S. L.
Impreso en EGEDSA
Sabadell (Barcelona)

BG 2 2 9 1 A

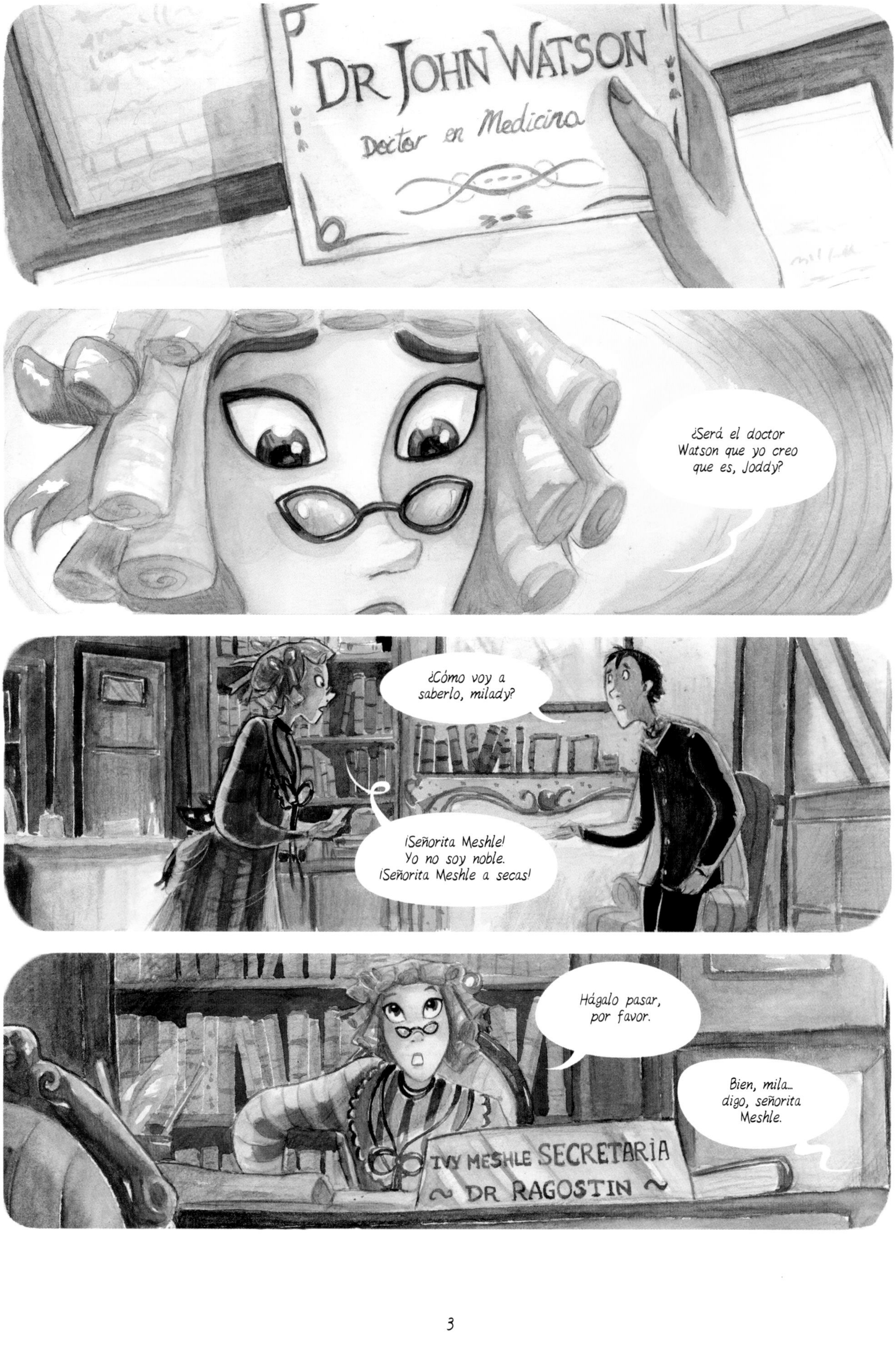
DR JOHN WATSON
Doctor en Medicina
¿Será el doctor Watson que yo creo que es, Joddy?
¿Cómo voy a saberlo, milady?
¡Señorita Meshle! Yo no soy noble. ¡Señorita Meshle a secas!
Hágalo pasar, por favor.
Bien, mila… digo, señorita Meshle.
IVY MESHLE SECRETARIA
~ DR RAGOSTIN ~

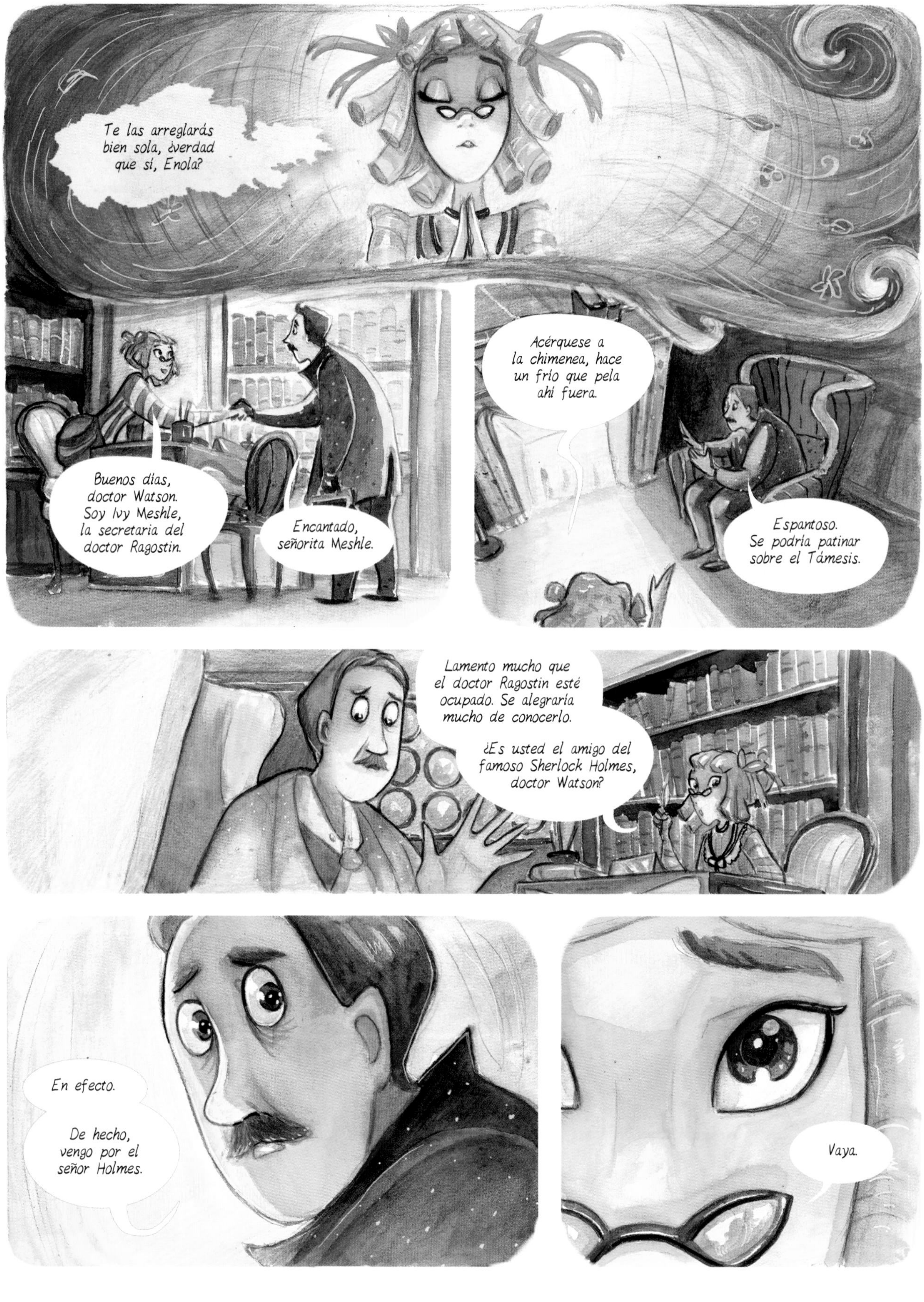
Te las arreglarás bien sola, ¿verdad que sí, Enola?
Buenos días, doctor Watson. Soy Ivy Meshle, la secretaria del doctor Ragostin.
Encantado, señorita Meshle.
Acérquese a la chimenea, hace un frío que pela ahí fuera.
Espantoso. Se podría patinar sobre el Támesis.
Lamento mucho que el doctor Ragostin esté ocupado. Se alegraría mucho de conocerlo.
¿Es usted el amigo del famoso Sherlock Holmes, doctor Watson?
En efecto.
De hecho, vengo por el señor Holmes.
Vaya.

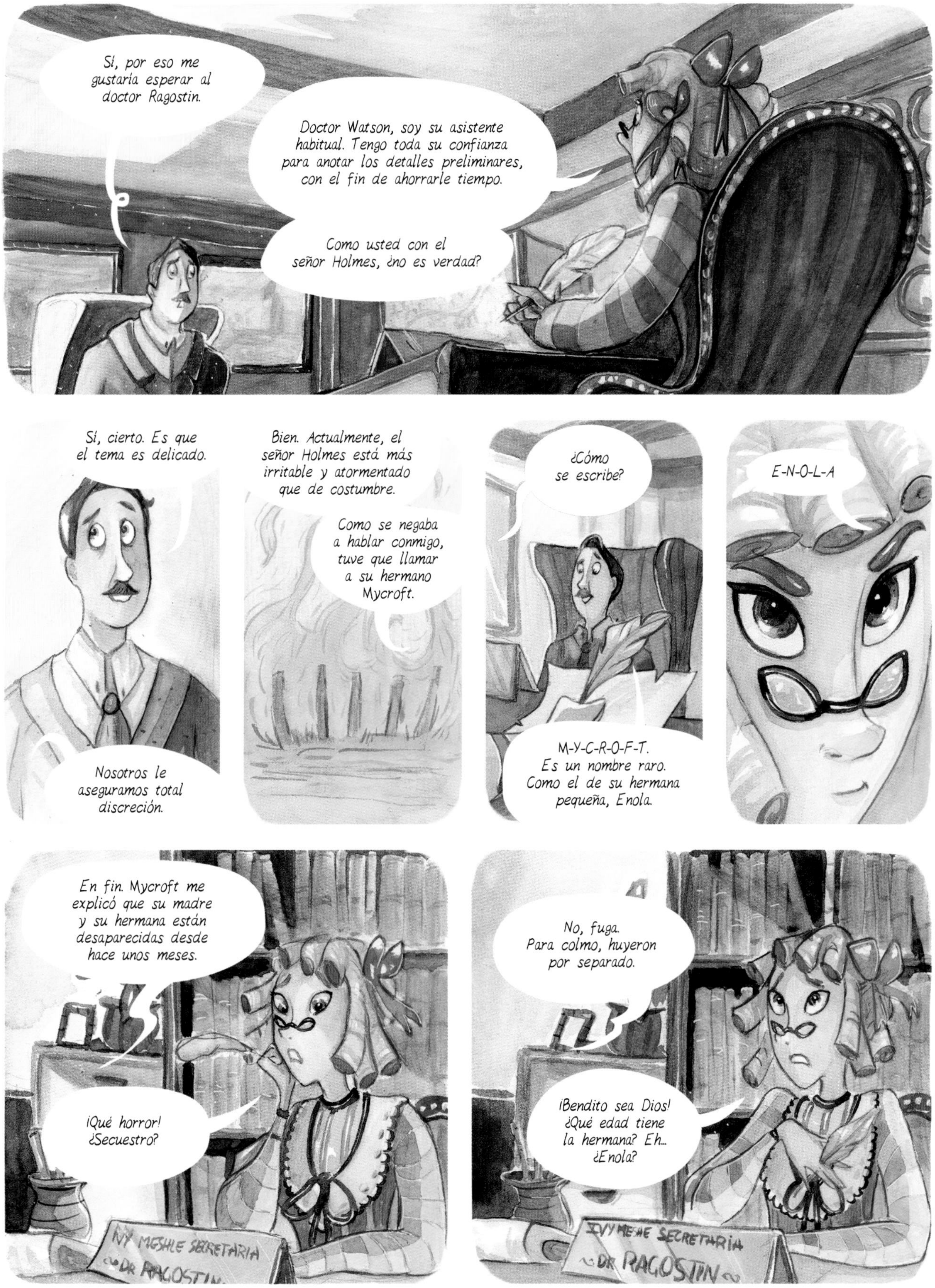
Sí, por eso me gustaría esperar al doctor Ragostin.
Doctor Watson, soy su asistente habitual. Tengo toda su confianza para anotar los detalles preliminares, con el fin de ahorrarle tiempo.
Como usted con el señor Holmes, ¿no es verdad?
Sí, cierto. Es que el tema es delicado.
Nosotros le aseguramos total discreción.
Bien. Actualmente, el señor Holmes está más irritable y atormentado que de costumbre.
Como se negaba a hablar conmigo, tuve que llamar a su hermano Mycroft.
¿Cómo se escribe?
M-Y-C-R-O-F-T. Es un nombre raro. Como el de su hermana pequeña, Enola.
E-N-O-L-A
En fin. Mycroft me explicó que su madre y su hermana están desaparecidas desde hace unos meses.
¡Qué horror! ¿Secuestro?
MESHLE SECRETARIA
DR RAGOSTIN
No, fuga. Para colmo, huyeron por separado.
¡Bendito sea Dios! ¿Qué edad tiene la hermana? Eh... ¿Enola?
IVY MESHLE SECRETARIA
DR RAGOSTIN

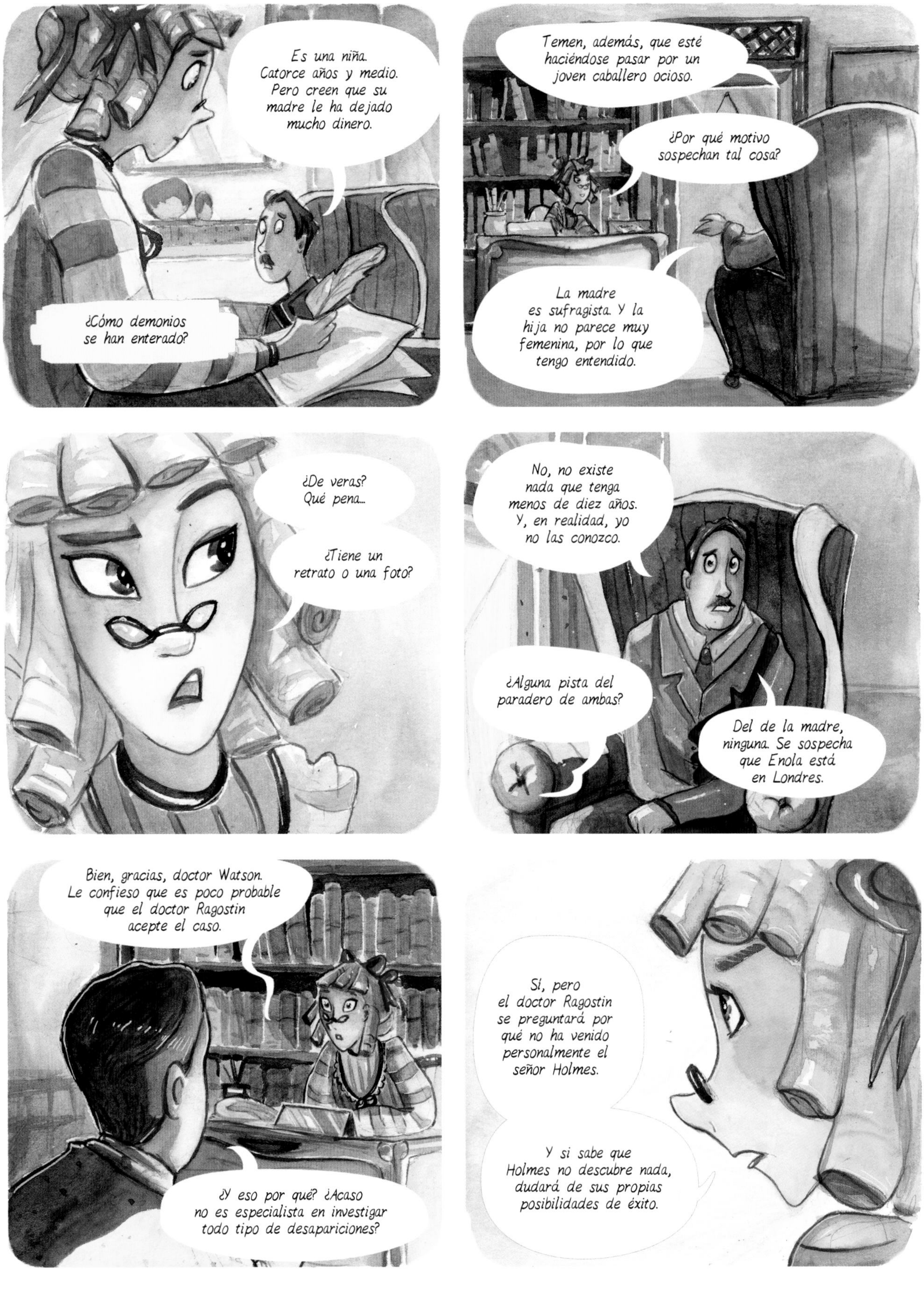
Es una niña. Catorce años y medio. Pero creen que su madre le ha dejado mucho dinero.
¿Cómo demonios se han enterado?
Temen, además, que esté haciéndose pasar por un joven caballero ocioso.
¿Por qué motivo sospechan tal cosa?
La madre es sufragista. Y la hija no parece muy femenina, por lo que tengo entendido.
¿De veras? Qué pena...
¿Tiene un retrato o una foto?
No, no existe nada que tenga menos de diez años. Y, en realidad, yo no las conozco.
¿Alguna pista del paradero de ambas?
Del de la madre, ninguna. Se sospecha que Enola está en Londres.
Bien, gracias, doctor Watson. Le confieso que es poco probable que el doctor Ragostin acepte el caso.
¿Y eso por qué? ¿Acaso no es especialista en investigar todo tipo de desapariciones?
Sí, pero el doctor Ragostin se preguntará por qué no ha venido personalmente el señor Holmes.
Y si sabe que Holmes no descubre nada, dudará de sus propias posibilidades de éxito.

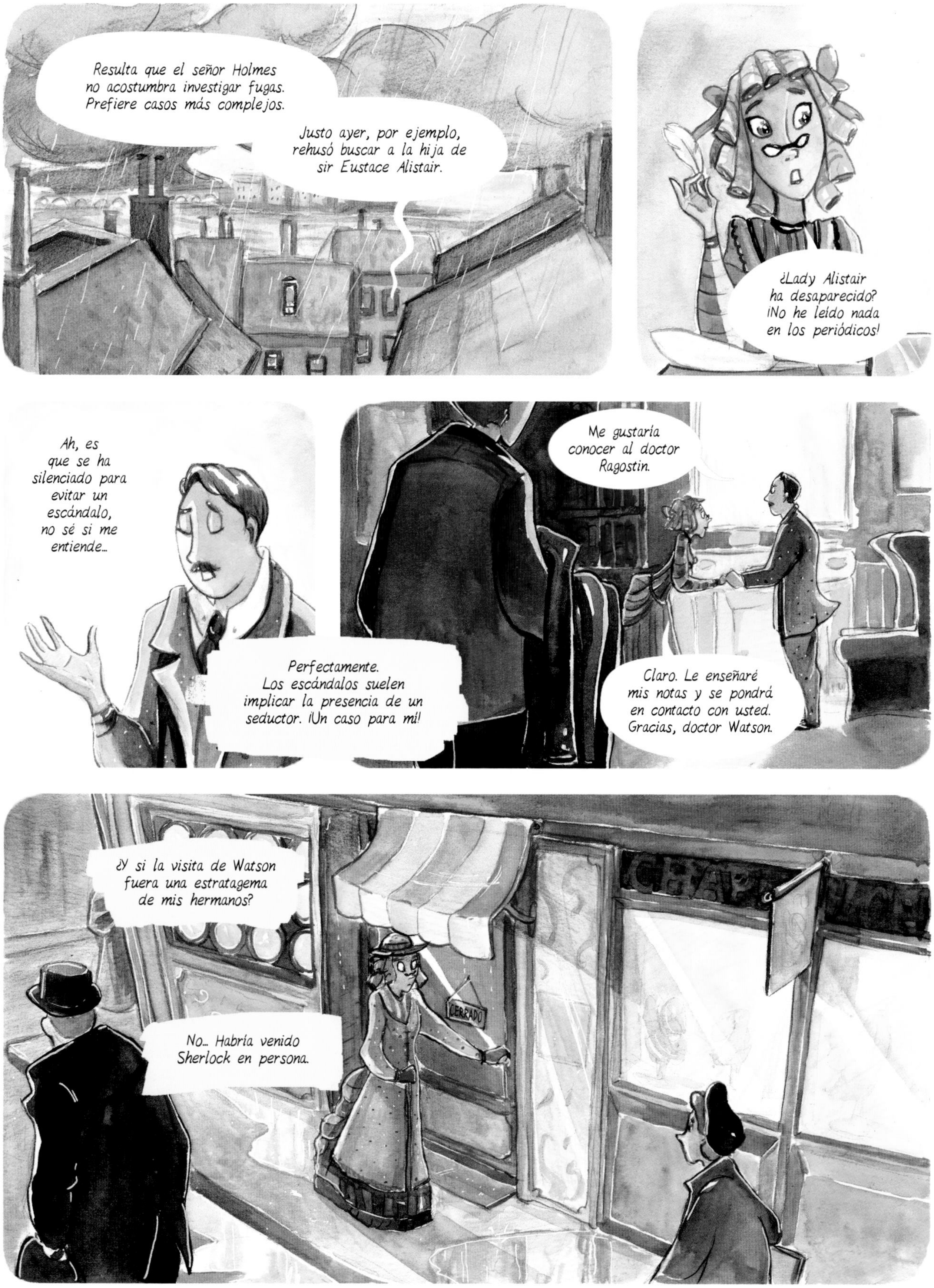
Resulta que el señor Holmes no acostumbra investigar fugas. Prefiere casos más complejos.
Justo ayer, por ejemplo, rehusó buscar a la hija de sir Eustace Alistair.
¿Lady Alistair ha desaparecido? ¡No he leído nada en los periódicos!
Ah, es que se ha silenciado para evitar un escándalo, no sé si me entiende...
Perfectamente. Los escándalos suelen implicar la presencia de un seductor. ¡Un caso para mí!
Me gustaría conocer al doctor Ragostin.
Claro. Le enseñaré mis notas y se pondrá en contacto con usted. Gracias, doctor Watson.
¿Y si la visita de Watson fuera una estratagema de mis hermanos?
CERRADO
No... Habría venido Sherlock en persona.

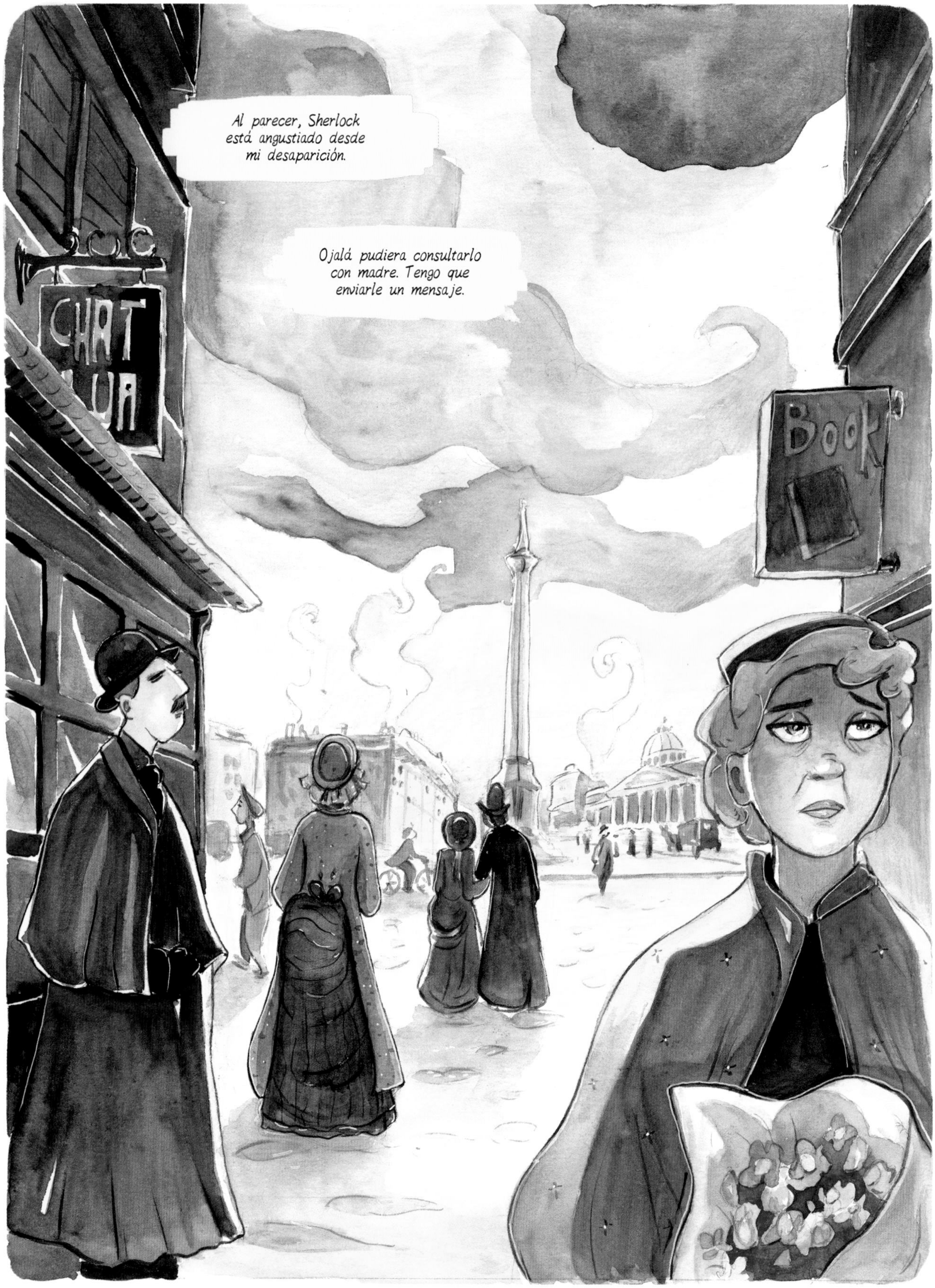
Al parecer, Sherlock está angustiado desde mi desaparición.
Ojalá pudiera consultarlo con madre. Tengo que enviarle un mensaje.
CHAT
Book

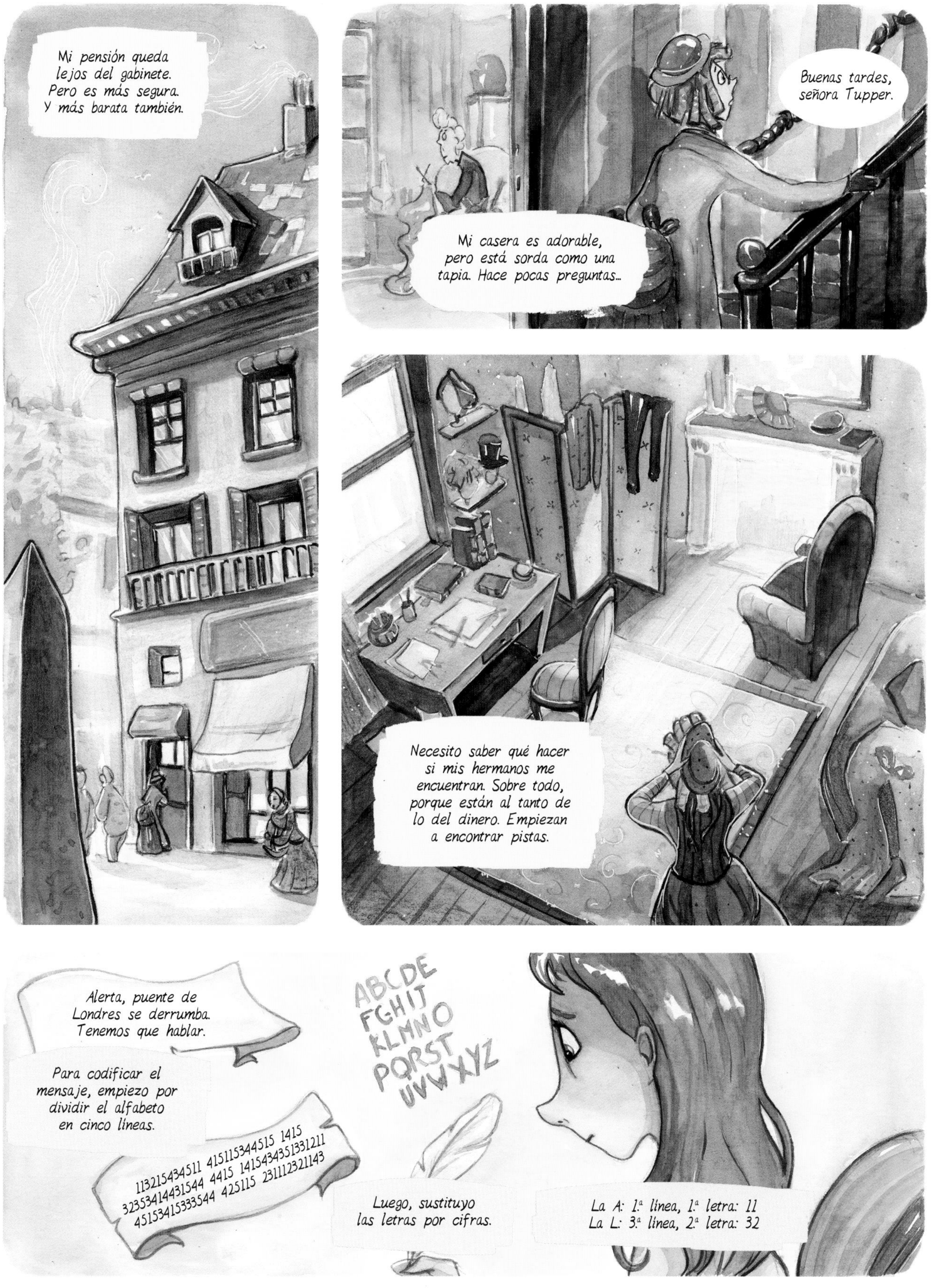

Mi pensión queda lejos del gabinete. Pero es más segura. Y más barata también.
Buenas tardes, señora Tupper.
Mi casera es adorable, pero está sorda como una tapia. Hace pocas preguntas...
Necesito saber qué hacer si mis hermanos me encuentran. Sobre todo, porque están al tanto de lo del dinero. Empiezan a encontrar pistas.
Alerta, puente de Londres se derrumba. Tenemos que hablar.
Para codificar el mensaje, empiezo por dividir el alfabeto en cinco líneas.
ABCDE
FGHIJ
KLMNO
PQRST
UVWXYZ
113215434511 415115344515 1415
323534144315 44 4415 14154343513312 11
451534153335 44 425115 231112321143
Luego, sustituyo las letras por cifras.
La A: 1.ª línea, 1.ª letra: 11
La L: 3.ª línea, 2.ª letra: 32

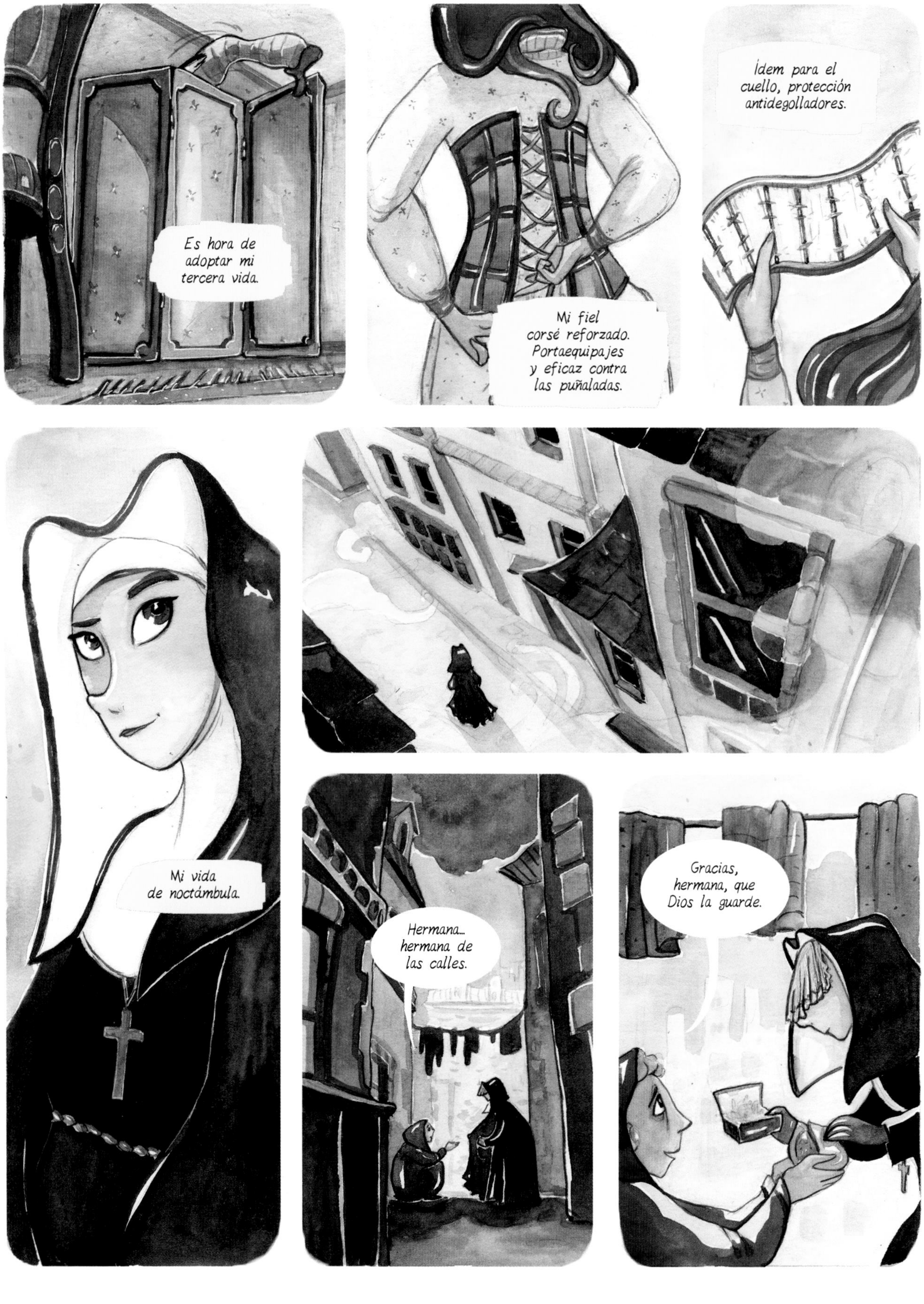
Es hora de adoptar mi tercera vida.
Mi fiel corsé reforzado. Portaequipajes y eficaz contra las puñaladas.
Ídem para el cuello, protección antidegolladores.
Mi vida de noctámbula.
Hermana... hermana de las calles.
Gracias, hermana, que Dios la guarde.

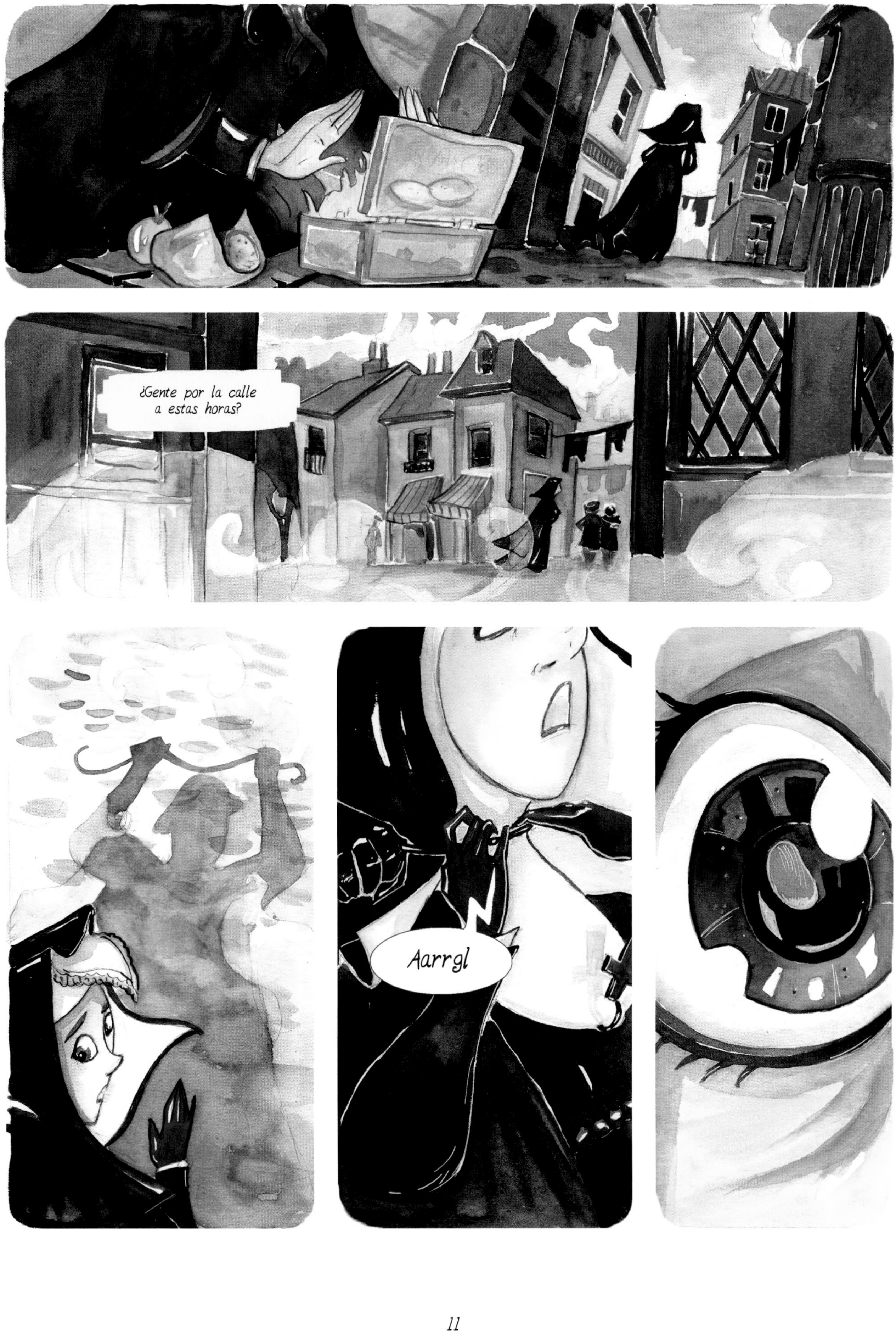
¿Gente por la calle
a estas horas?
Aarrgl

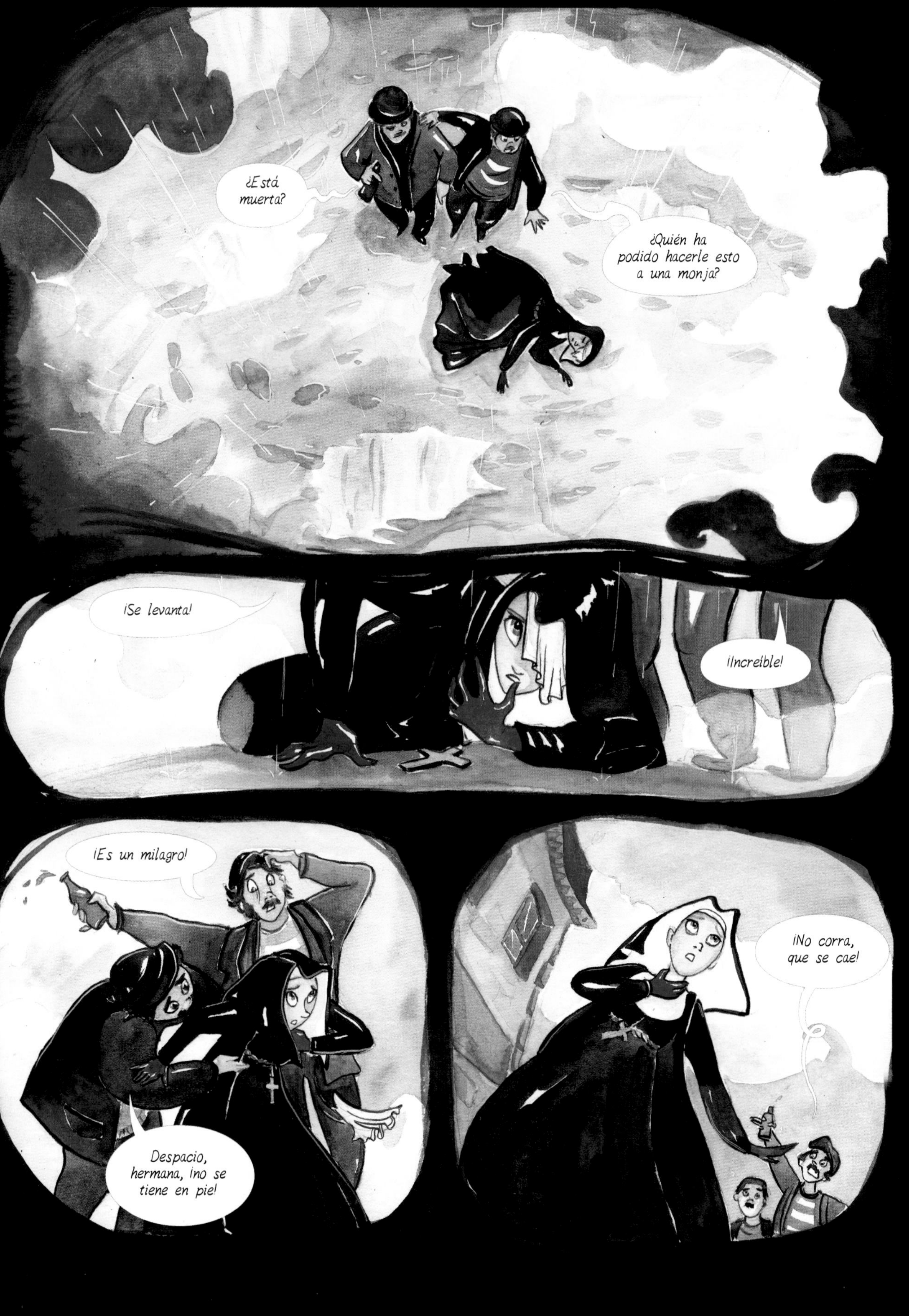
¿Está muerta?
¿Quién ha podido hacerle esto a una monja?
¡Se levanta!
¡Increíble!
¡Es un milagro!
Despacio, hermana, ¡no se tiene en pie!
¡No corra, que se cae!

¿Qué es esto...?

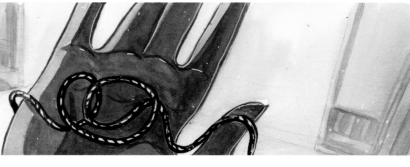

Un cordón.
Un cordón
de corsé.

¡Como si no bastara con
estrangular cinturas!

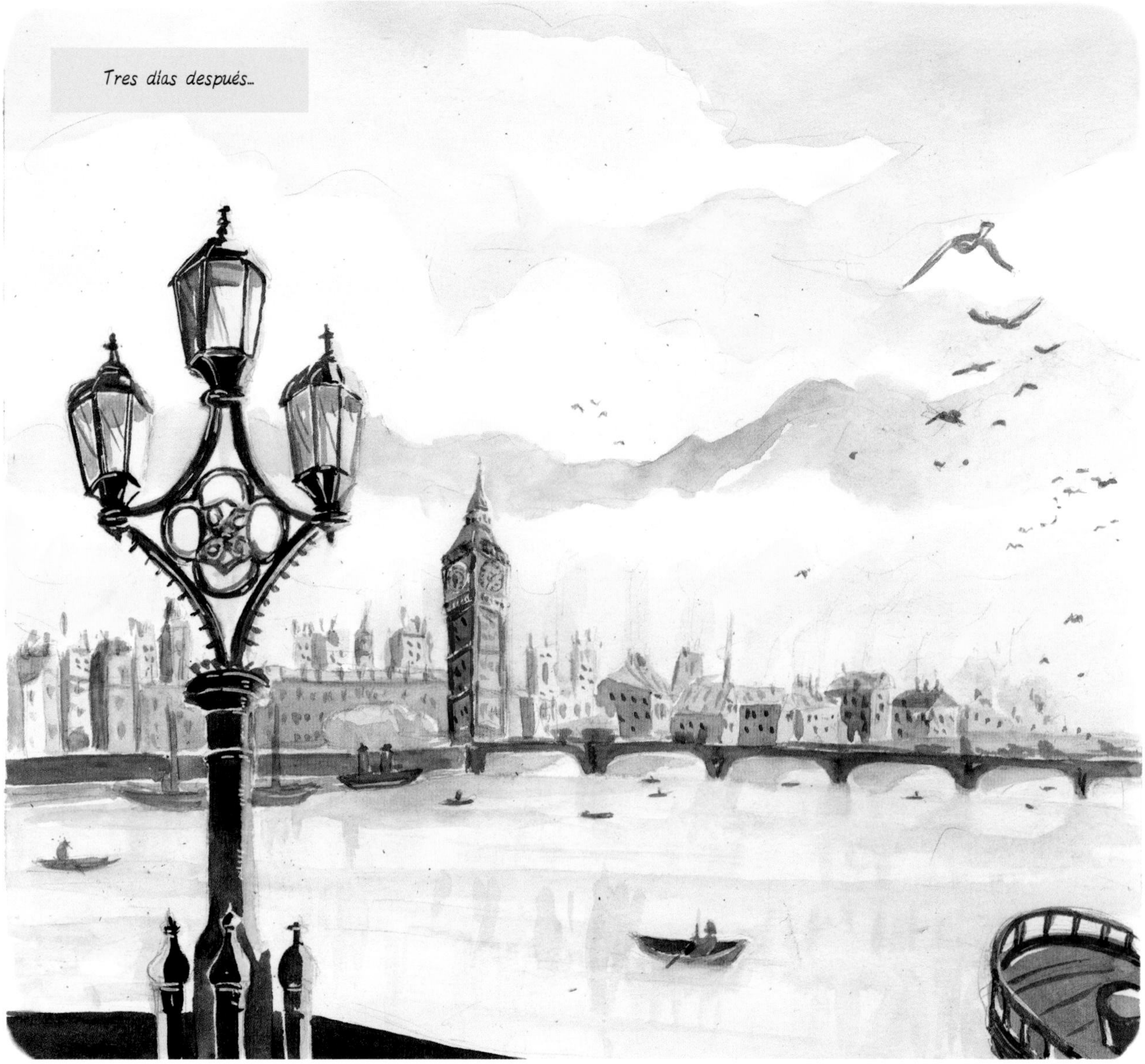
Tres días después...

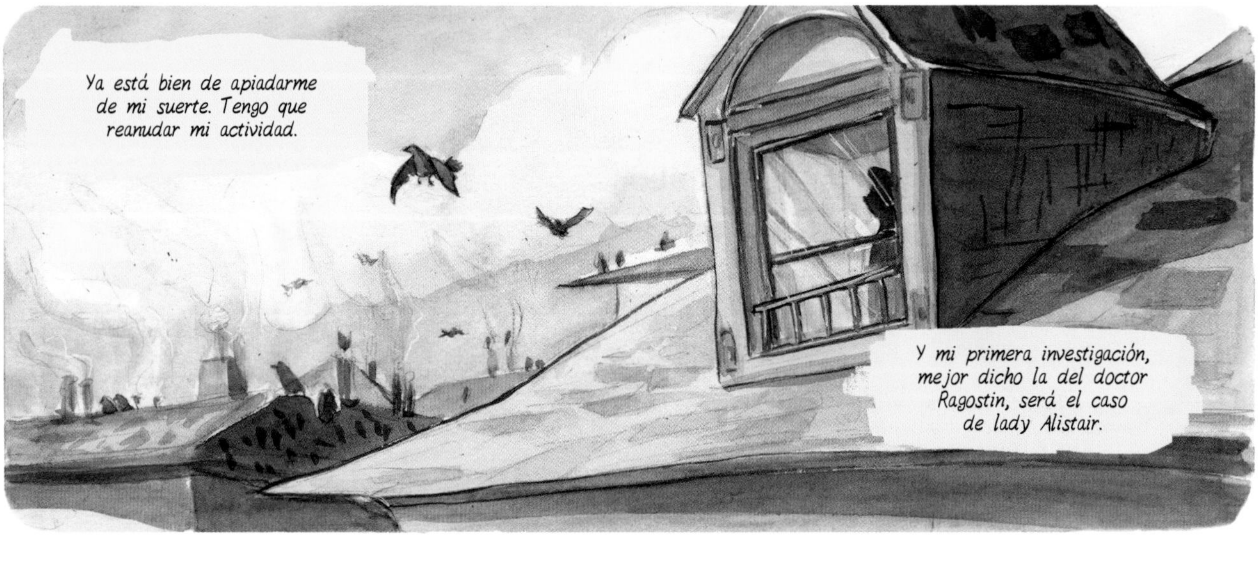
Ya está bien de apiadarme de mi suerte. Tengo que reanudar mi actividad.
Y mi primera investigación, mejor dicho la del doctor Ragostin, será el caso de lady Alistair.

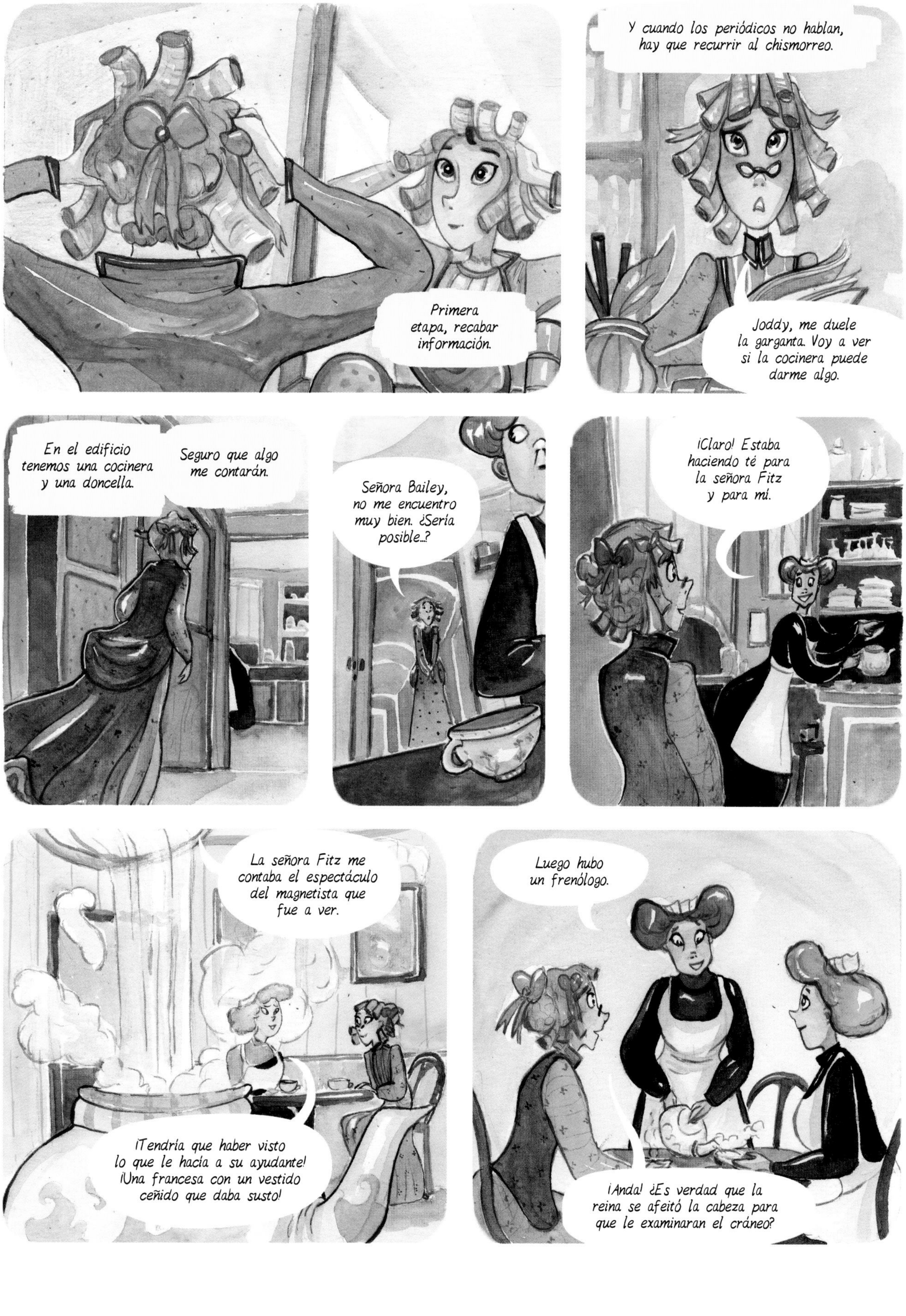
Primera etapa, recabar información.
Y cuando los periódicos no hablan, hay que recurrir al chismorreo.
Joddy, me duele la garganta. Voy a ver si la cocinera puede darme algo.
En el edificio tenemos una cocinera y una doncella.
Seguro que algo me contarán.
Señora Bailey, no me encuentro muy bien. ¿Sería posible...?
¡Claro! Estaba haciendo té para la señora Fitz y para mí.
La señora Fitz me contaba el espectáculo del magnetista que fue a ver.
¡Tendría que haber visto lo que le hacía a su ayudante! ¡Una francesa con un vestido ceñido que daba susto!
Luego hubo un frenólogo.
¡Anda! ¿Es verdad que la reina se afeitó la cabeza para que le examinaran el cráneo?

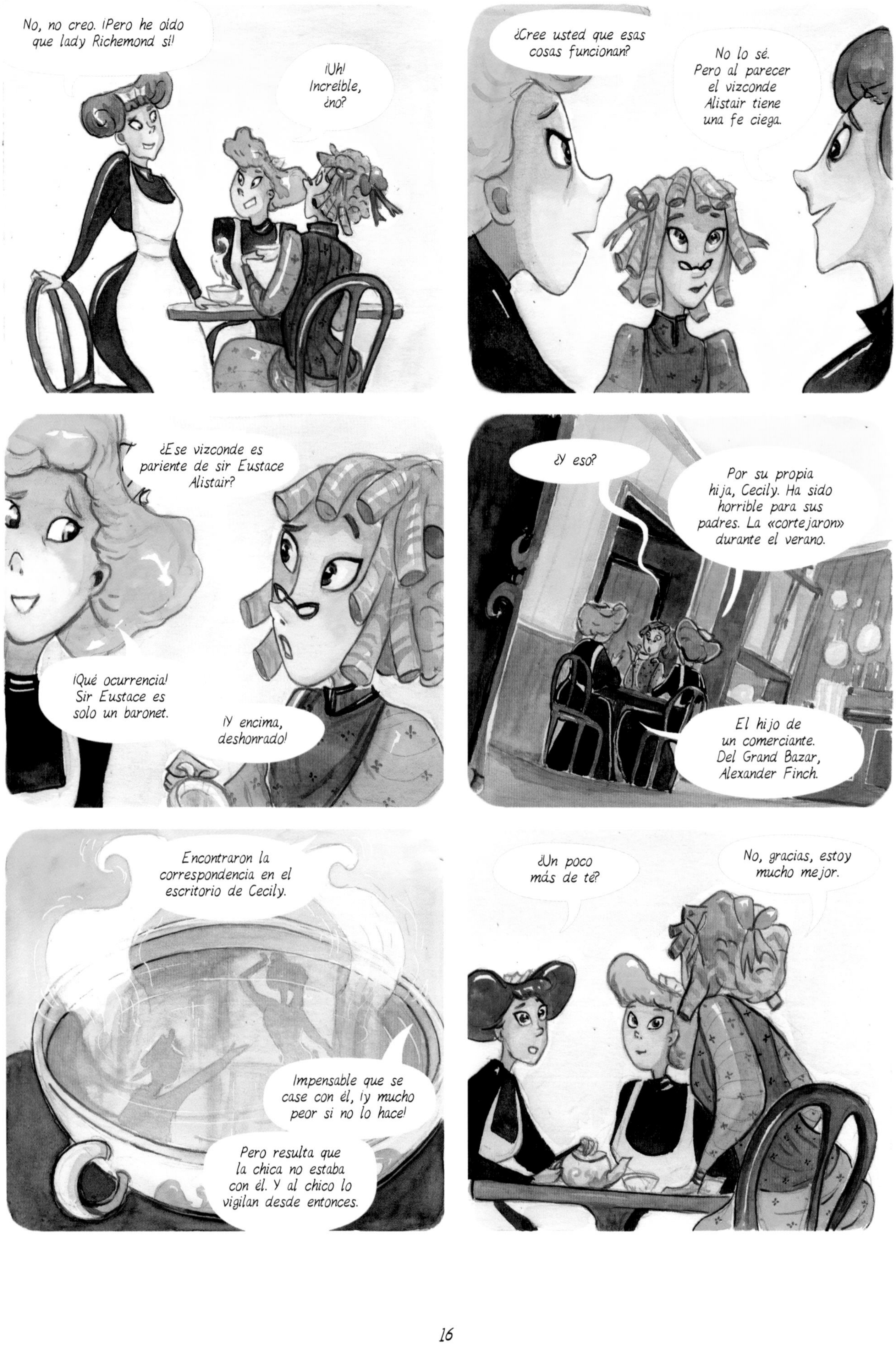
No, no creo. ¡Pero he oído que lady Richemond sí!
¡Uh! Increíble, ¿no?
¿Cree usted que esas cosas funcionan?
No lo sé. Pero al parecer el vizconde Alistair tiene una fe ciega.
¿Ese vizconde es pariente de sir Eustace Alistair?
¡Qué ocurrencia! Sir Eustace es solo un baronet.
¡Y encima, deshonrado!
¿Y eso?
Por su propia hija, Cecily. Ha sido horrible para sus padres. La «cortejaron» durante el verano.
El hijo de un comerciante. Del Grand Bazar, Alexander Finch.
Encontraron la correspondencia en el escritorio de Cecily.
Impensable que se case con él, ¡y mucho peor si no lo hace!
Pero resulta que la chica no estaba con él. Y al chico lo vigilan desde entonces.
¿Un poco más de té?
No, gracias, estoy mucho mejor.

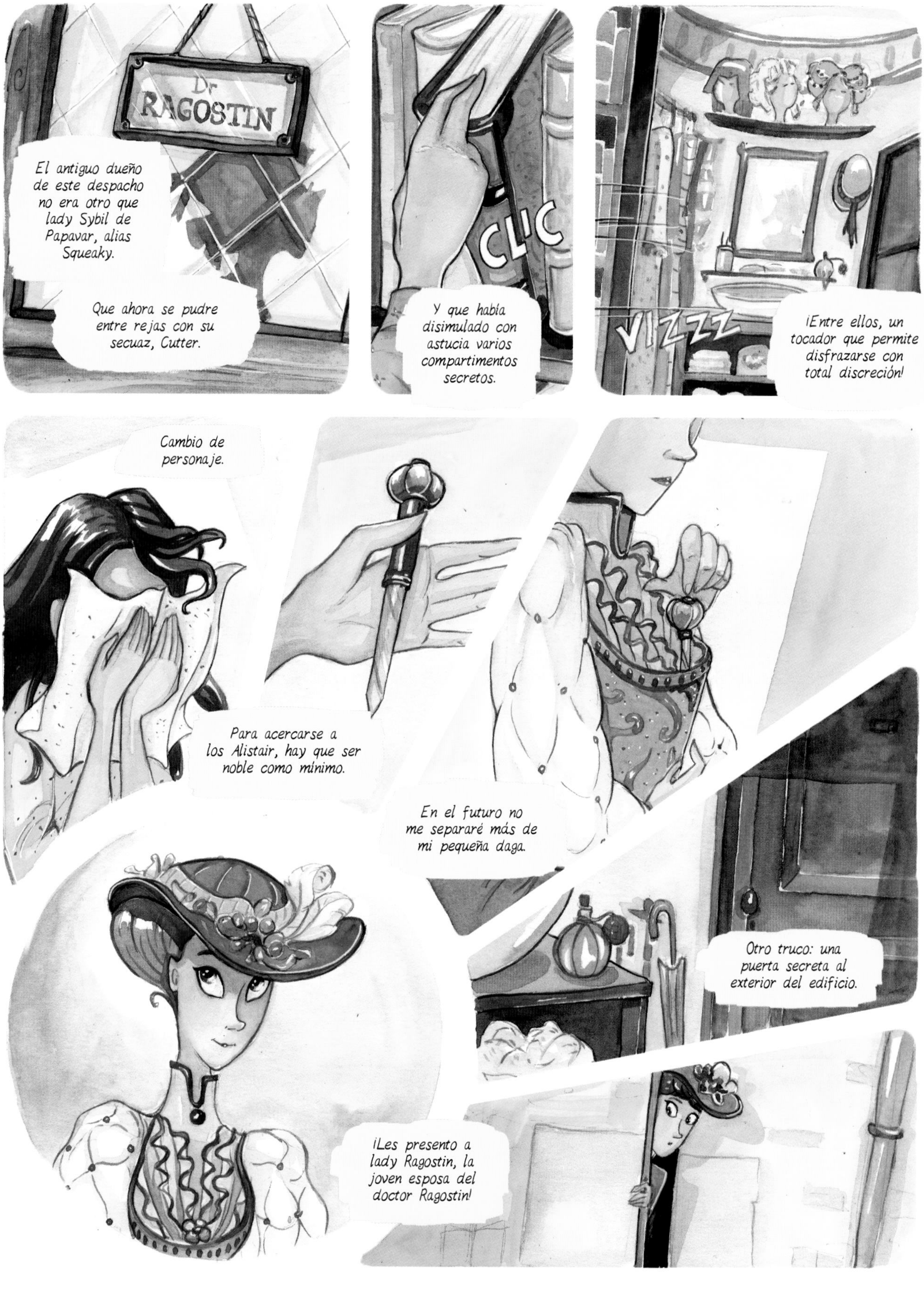
Dr RAGOSTIN
El antiguo dueño de este despacho no era otro que lady Sybil de Papavar, alias Squeaky.
Que ahora se pudre entre rejas con su secuaz, Cutter.
CLIC
Y que había disimulado con astucia varios compartimentos secretos.
VIZZZ
¡Entre ellos, un tocador que permite disfrazarse con total discreción!
Cambio de personaje.
Para acercarse a los Alistair, hay que ser noble como mínimo.
En el futuro no me separaré más de mi pequeña daga.
Otro truco: una puerta secreta al exterior del edificio.
¡Les presento a lady Ragostin, la joven esposa del doctor Ragostin!

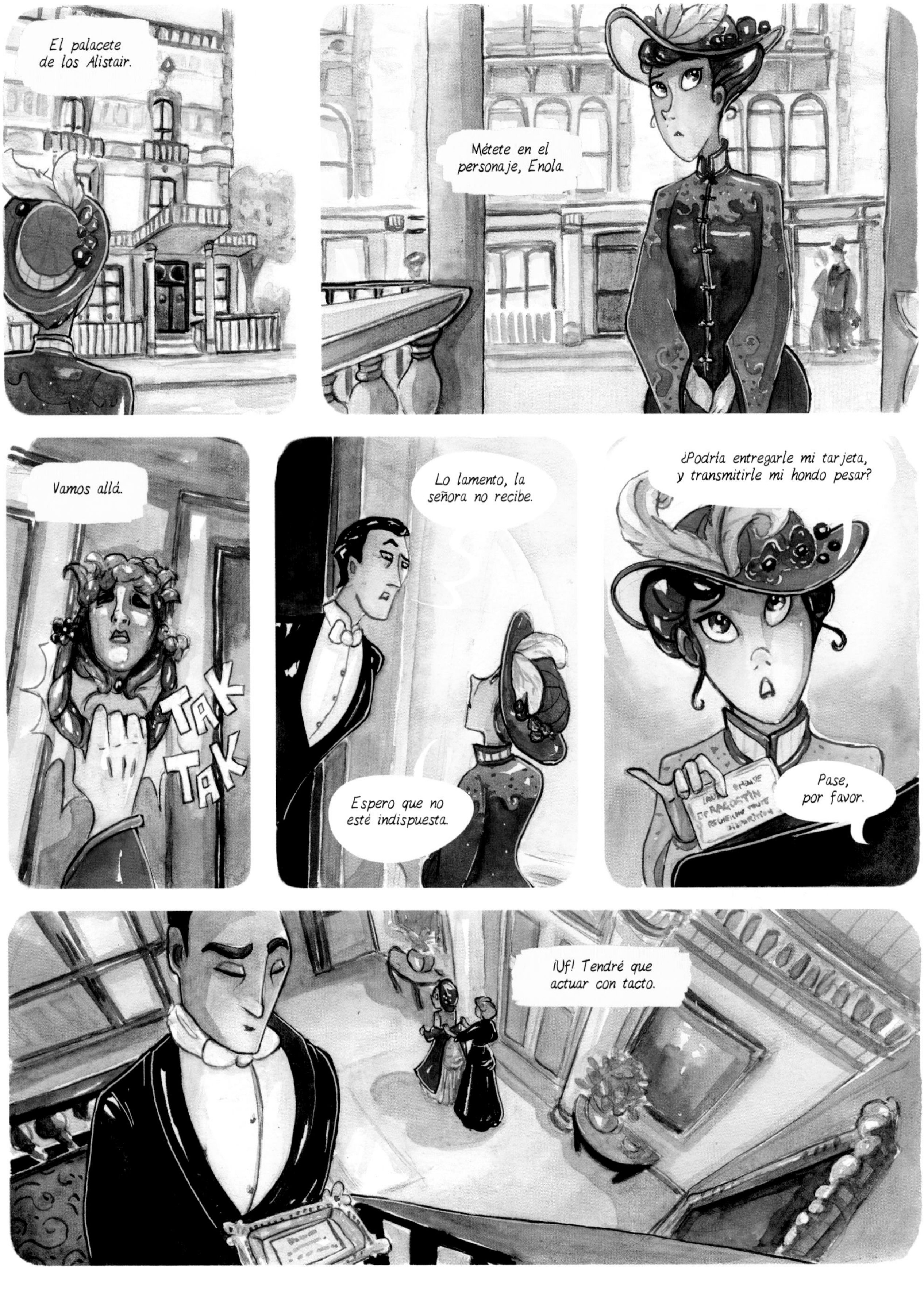
El palacete de los Alistair.
Métete en el personaje, Enola.
Vamos allá.
TAK
TAK
Lo lamento, la señora no recibe.
Espero que no esté indispuesta.
¿Podría entregarle mi tarjeta, y transmitirle mi hondo pesar?
Pase, por favor.
¡Uf! Tendré que actuar con tacto.

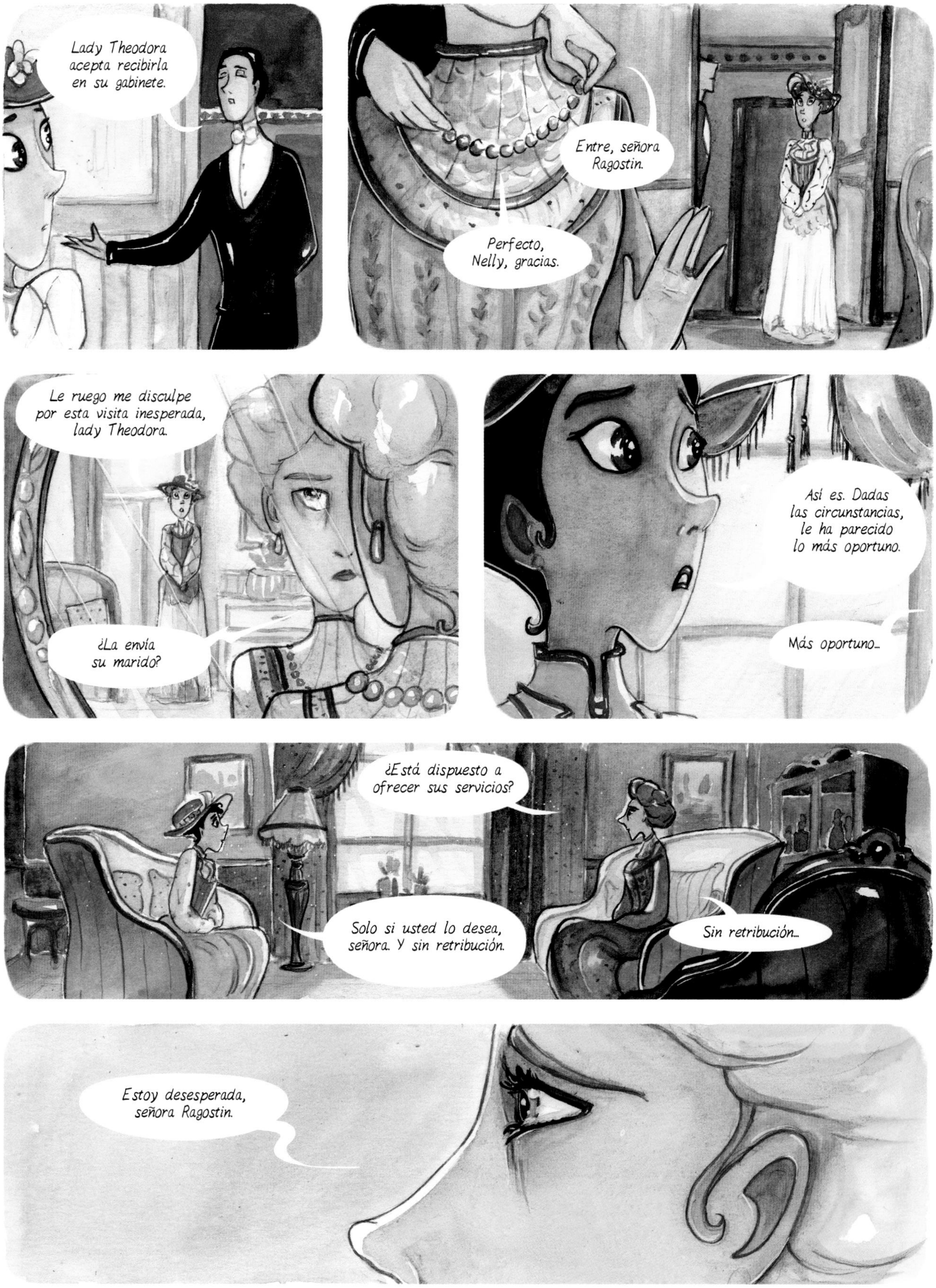
Lady Theodora acepta recibirla en su gabinete.
Entre, señora Ragostin.
Perfecto, Nelly, gracias.
Le ruego me disculpe por esta visita inesperada, lady Theodora.
¿La envía su marido?
Así es. Dadas las circunstancias, le ha parecido lo más oportuno.
Más oportuno...
¿Está dispuesto a ofrecer sus servicios?
Solo si usted lo desea, señora. Y sin retribución.
Sin retribución...
Estoy desesperada, señora Ragostin.

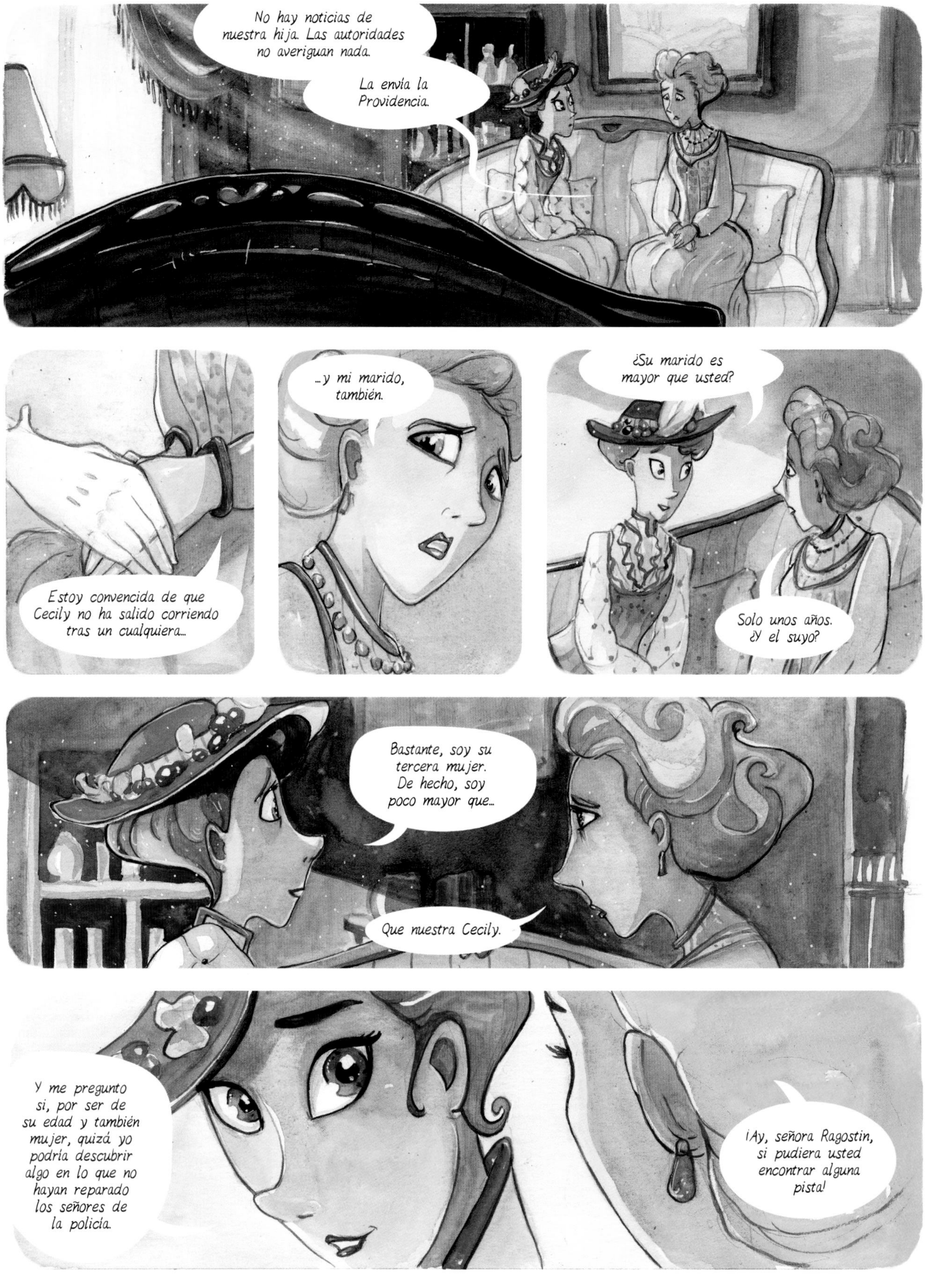
No hay noticias de nuestra hija. Las autoridades no averiguan nada.
La envía la Providencia.
Estoy convencida de que Cecily no ha salido corriendo tras un cualquiera...
...y mi marido, también.
¿Su marido es mayor que usted?
Solo unos años. ¿Y el suyo?
Bastante, soy su tercera mujer. De hecho, soy poco mayor que...
Que nuestra Cecily.
Y me pregunto si, por ser de su edad y también mujer, quizá yo podría descubrir algo en lo que no hayan reparado los señores de la policía.
¡Ay, señora Ragostin, si pudiera usted encontrar alguna pista!

¿Estos pasteles son de lady Cecily?

Sí, señora. Lady Cecily es toda una artista.

¡También da clases de canto y de ballet!

Un buen partido, en definitiva, como habrían querido mis hermanos.

¿Sabe qué llevaba puesto cuando… se marchó?

El camisón. No falta nada en su guardarropa.

¿La ventana estaba abierta?

¡Claro! Aquí siempre se duerme al fresco. Es bueno para el cutis.

¿Ha registrado la policía su escritorio?

¡Naturalmente que no! ¡Qué incorrección! Lady Theodora se encargó de apartar el correo.

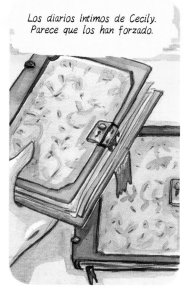

Los diarios íntimos de Cecily. Parece que los han forzado.

Qué extraña escritura. Parece en clave.

2 de enero.
Aburrimiento mortal. Todo el mundo habla de los buenos propósitos de Año Nuevo, para que Si al menos fuera a mejorar el mundo. Las calles están llenas de niños harapiento, y yo misma con una cola de tres metros. Mi vida está vacía de sentido, de objetivos.

Los abrió la señora. Para leerlos en el espejo.

¿En el espejo?

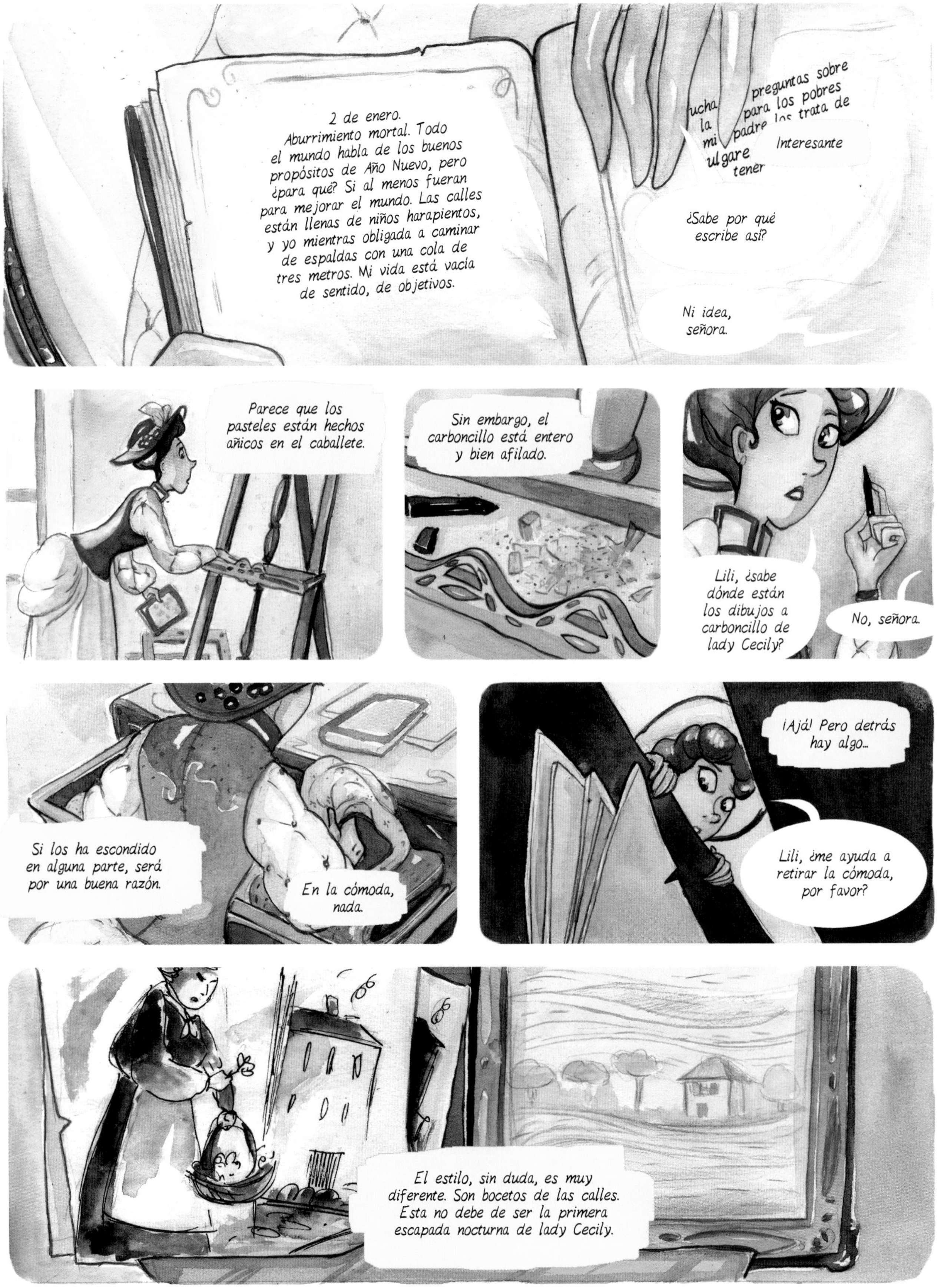
2 de enero.
Aburrimiento mortal. Todo el mundo habla de los buenos propósitos de Año Nuevo, pero ¿para qué? Si al menos fueran para mejorar el mundo. Las calles están llenas de niños harapientos, y yo mientras obligada a caminar de espaldas con una cola de tres metros. Mi vida está vacía de sentido, de objetivos.
Interesante
¿Sabe por qué escribe así?
Ni idea, señora.
Parece que los pasteles están hechos añicos en el caballete.
Sin embargo, el carboncillo está entero y bien afilado.
Lili, ¿sabe dónde están los dibujos a carboncillo de lady Cecily?
No, señora.
Si los ha escondido en alguna parte, será por una buena razón.
En la cómoda, nada.
¡Ajá! Pero detrás hay algo...
Lili, ¿me ayuda a retirar la cómoda, por favor?
El estilo, sin duda, es muy diferente. Son bocetos de las calles. Esta no debe de ser la primera escapada nocturna de lady Cecily.

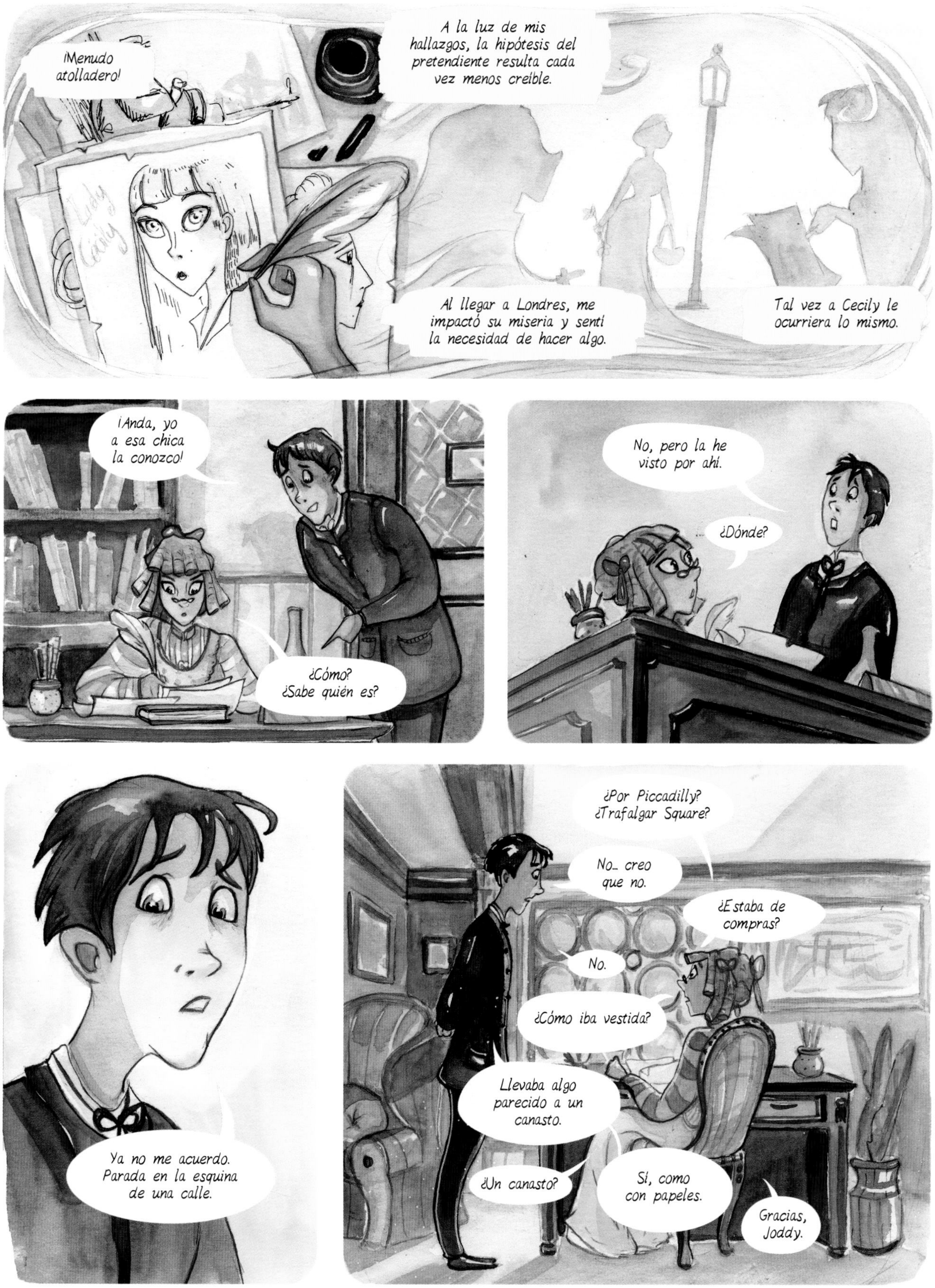
¡Menudo atolladero!
A la luz de mis hallazgos, la hipótesis del pretendiente resulta cada vez menos creíble.
Al llegar a Londres, me impactó su miseria y sentí la necesidad de hacer algo.
Tal vez a Cecily le ocurriera lo mismo.
¡Anda, yo a esa chica la conozco!
¿Cómo? ¿Sabe quién es?
No, pero la he visto por ahí.
¿Dónde?
Ya no me acuerdo. Parada en la esquina de una calle.
¿Por Piccadilly? ¿Trafalgar Square?
No... creo que no.
¿Estaba de compras?
No.
¿Cómo iba vestida?
Llevaba algo parecido a un canasto.
¿Un canasto?
Sí, como con papeles.
Gracias, Joddy.

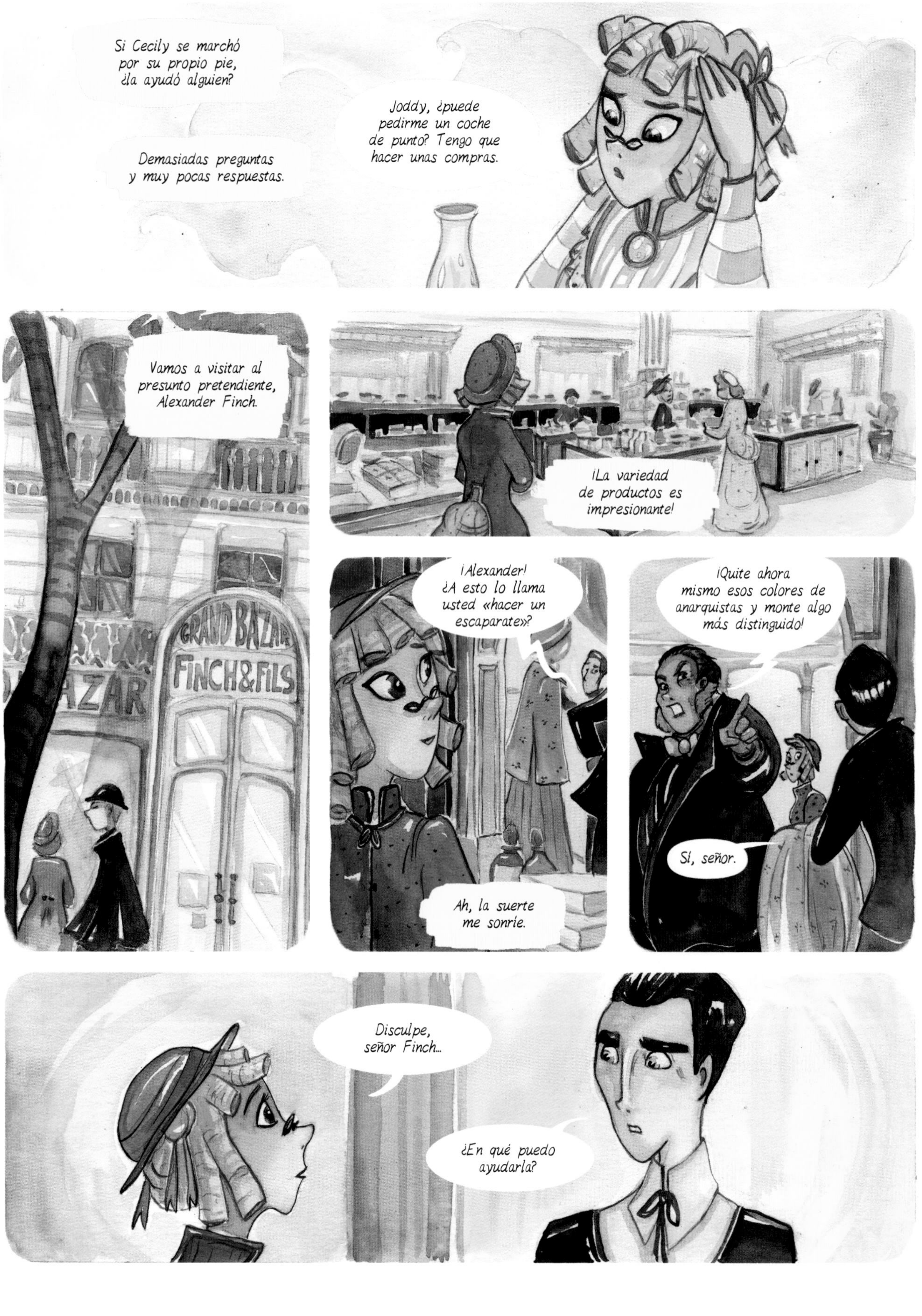
Si Cecily se marchó por su propio pie, ¿la ayudó alguien?
Demasiadas preguntas y muy pocas respuestas.
Joddy, ¿puede pedirme un coche de punto? Tengo que hacer unas compras.
Vamos a visitar al presunto pretendiente, Alexander Finch.
GRAND BAZAR
FINCH&FILS
¡La variedad de productos es impresionante!
¡Alexander! ¿A esto lo llama usted «hacer un escaparate»?
Ah, la suerte me sonríe.
¡Quite ahora mismo esos colores de anarquistas y monte algo más distinguido!
Sí, señor.
Disculpe, señor Finch...
¿En qué puedo ayudarla?

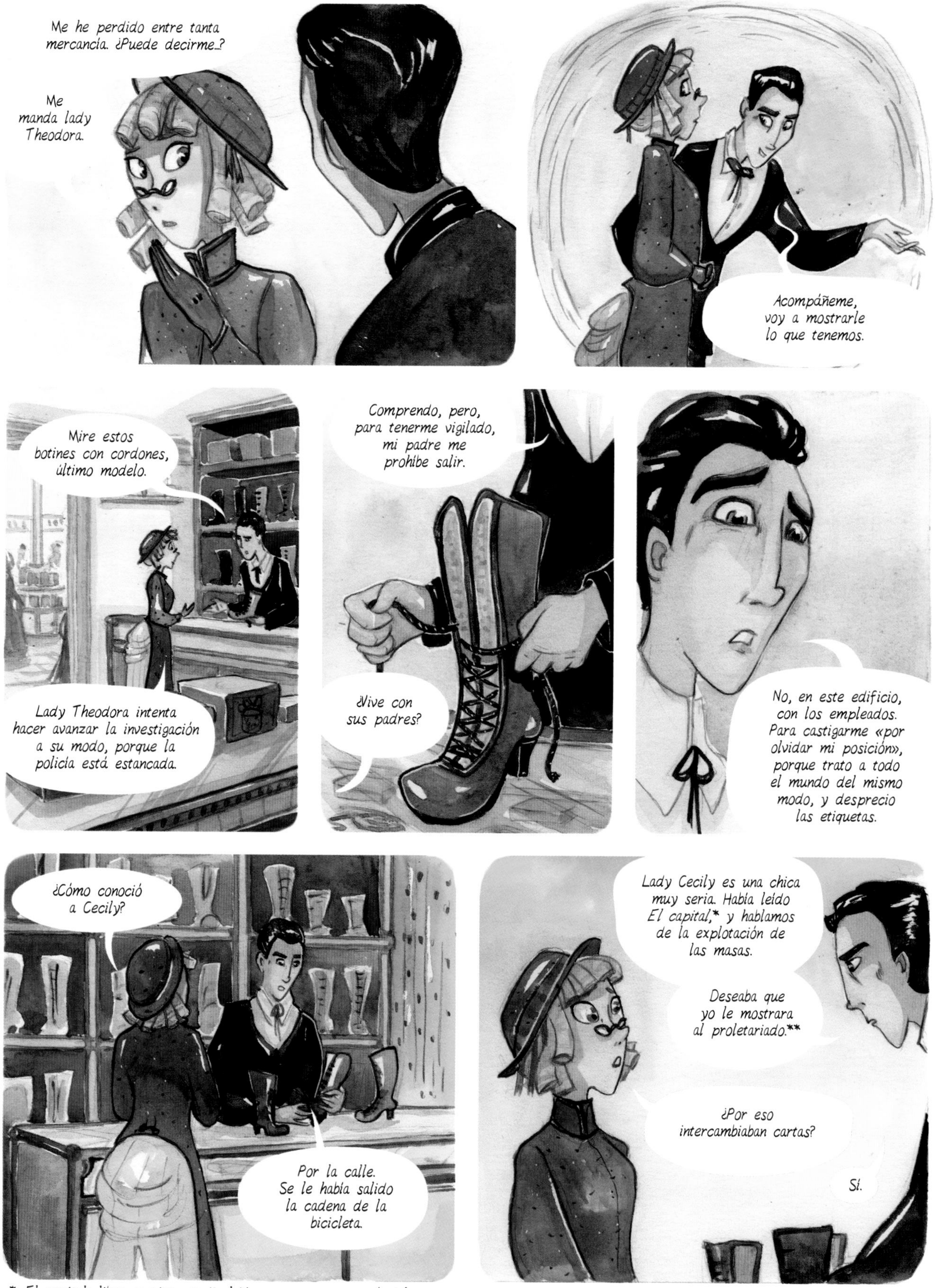
Me he perdido entre tanta mercancía. ¿Puede decirme...?
Me manda lady Theodora.
Acompáñeme, voy a mostrarle lo que tenemos.
Mire estos botines con cordones, último modelo.
Lady Theodora intenta hacer avanzar la investigación a su modo, porque la policía está estancada.
Comprendo, pero, para tenerme vigilado, mi padre me prohíbe salir.
¿Vive con sus padres?
No, en este edificio, con los empleados. Para castigarme «por olvidar mi posición», porque trato a todo el mundo del mismo modo, y desprecio las etiquetas.
¿Cómo conoció a Cecily?
Por la calle. Se le había salido la cadena de la bicicleta.
Lady Cecily es una chica muy seria. Había leído El capital,* y hablamos de la explotación de las masas.
Deseaba que yo le mostrara al proletariado.**
¿Por eso intercambiaban cartas?
Sí.

* *El capital:* libro escrito por Karl Marx; supuso un escándalo por su crítica a la economía política y social de la época.

** *Proletariado:* la clase obrera.

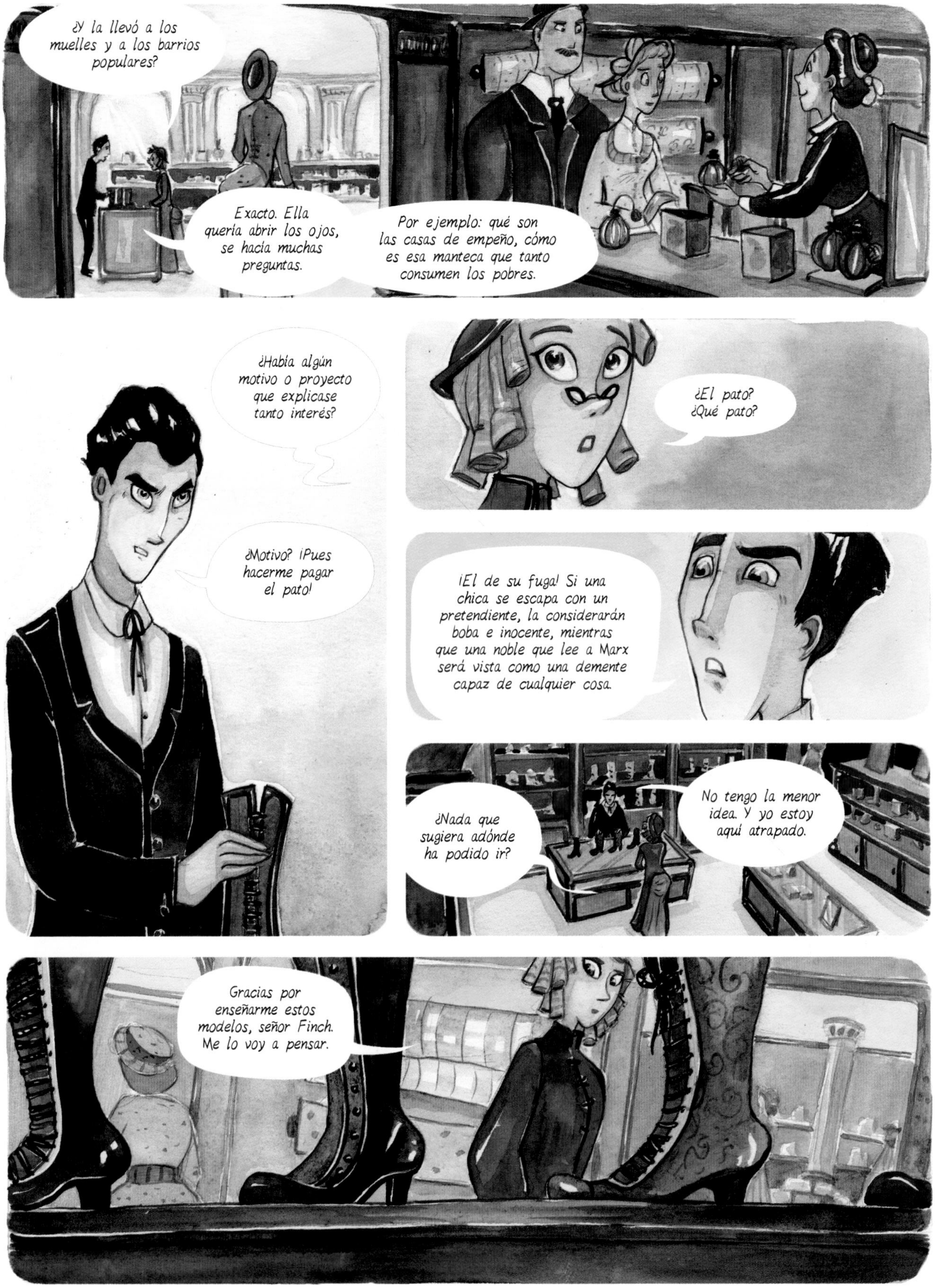
¿Y la llevó a los muelles y a los barrios populares?
Exacto. Ella quería abrir los ojos, se hacía muchas preguntas.
Por ejemplo: qué son las casas de empeño, cómo es esa manteca que tanto consumen los pobres.
¿Había algún motivo o proyecto que explicase tanto interés?
¿Motivo? ¡Pues hacerme pagar el pato!
¿El pato? ¿Qué pato?
¡El de su fuga! Si una chica se escapa con un pretendiente, la considerarán boba e inocente, mientras que una noble que lee a Marx será vista como una demente capaz de cualquier cosa.
¿Nada que sugiera adónde ha podido ir?
No tengo la menor idea. Y yo estoy aquí atrapado.
Gracias por enseñarme estos modelos, señor Finch. Me lo voy a pensar.

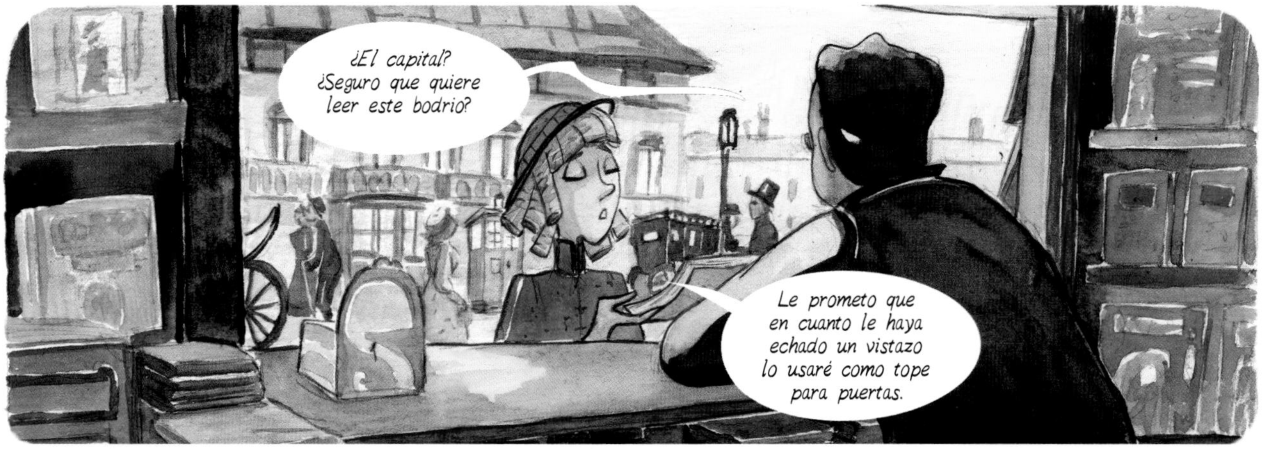
¿El capital?
¿Seguro que quiere leer este bodrio?
Le prometo que en cuanto le haya echado un vistazo lo usaré como tope para puertas.

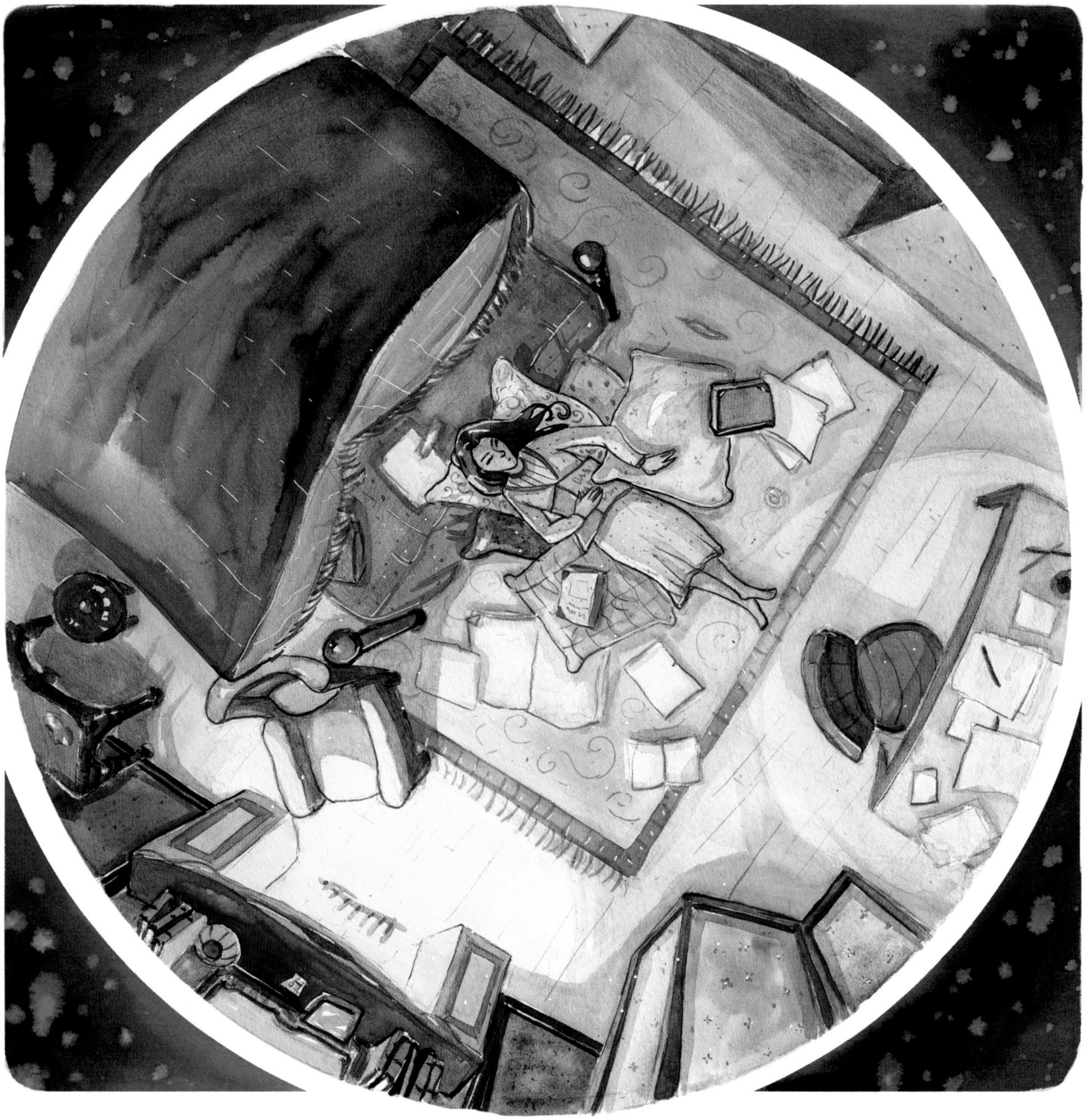

Al día siguiente.

Un mensaje de madre en el periódico de la mañana.

¡NY CITA ESCALERAS
NATIONAL GALLERY
CINCO ESTA TARDE
HOY MADRE

Una cita.
Volver a ver a
madre. ¡Hoy!

¡Eh! Alto ahí.

Piensa, Enola,
piensa.

Madre no habría
dicho claramente
«cita», habría usado
una flor como
clave, tipo
«gladiolo».

Y ella nunca
firma «madre»,
sino «manzanilla».

Es una trampa.
El mensaje no lo
ha escrito ella.

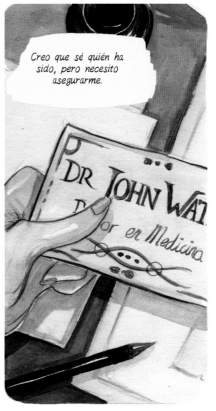

Creo que sé quién ha
sido, pero necesito
asegurarme.

DR JOHN WAT

or en Medicina

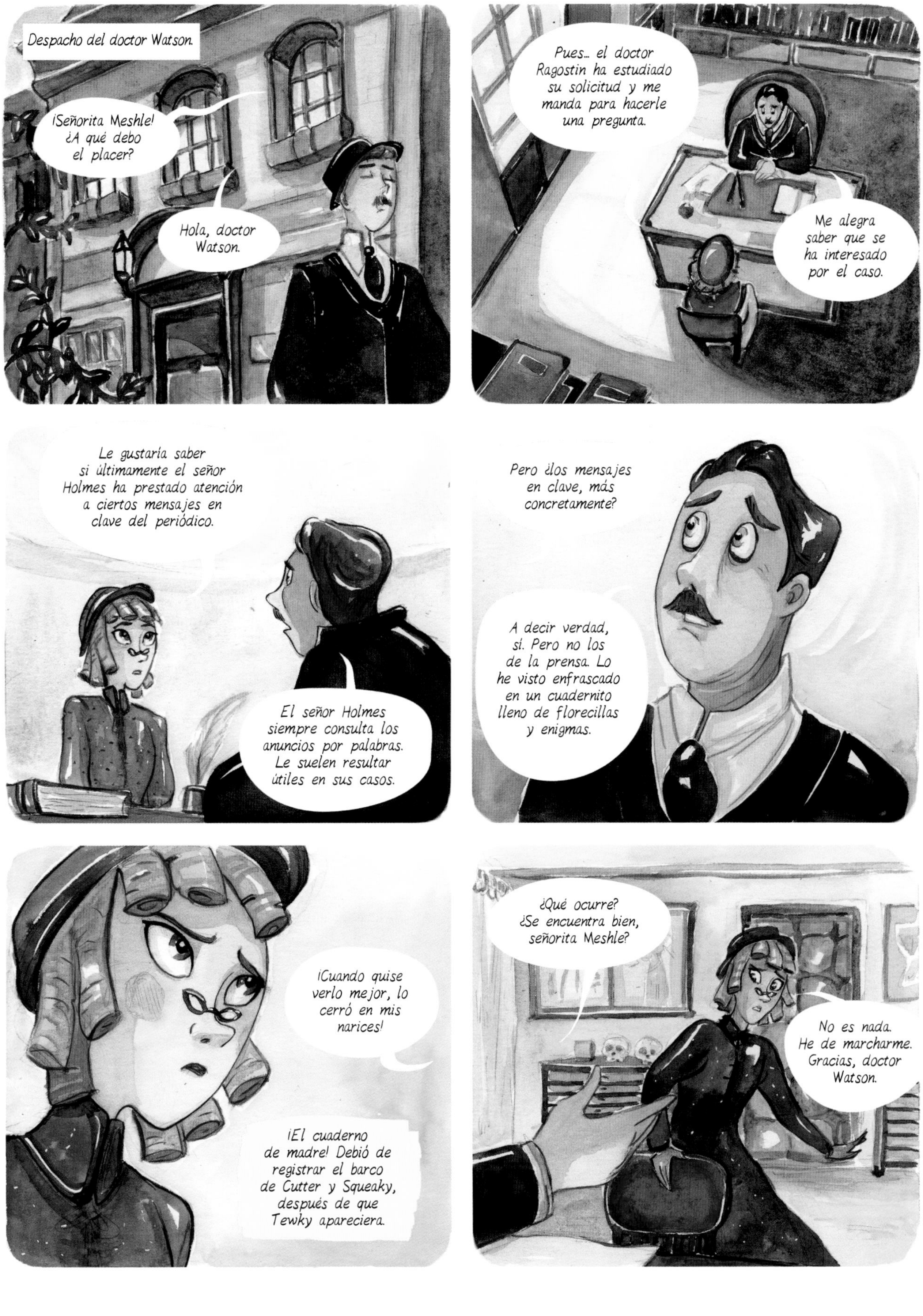
Despacho del doctor Watson.
¡Señorita Meshle! ¿A qué debo el placer?
Hola, doctor Watson.
Pues... el doctor Ragostin ha estudiado su solicitud y me manda para hacerle una pregunta.
Me alegra saber que se ha interesado por el caso.
Le gustaría saber si últimamente el señor Holmes ha prestado atención a ciertos mensajes en clave del periódico.
El señor Holmes siempre consulta los anuncios por palabras. Le suelen resultar útiles en sus casos.
Pero ¿los mensajes en clave, más concretamente?
A decir verdad, sí. Pero no los de la prensa. Lo he visto enfrascado en un cuadernito lleno de florecillas y enigmas.
¡Cuando quise verlo mejor, lo cerró en mis narices!
¡El cuaderno de madre! Debió de registrar el barco de Cutter y Squeaky, después de que Tewky apareciera.
¿Qué ocurre? ¿Se encuentra bien, señorita Meshle?
No es nada. He de marcharme. Gracias, doctor Watson.

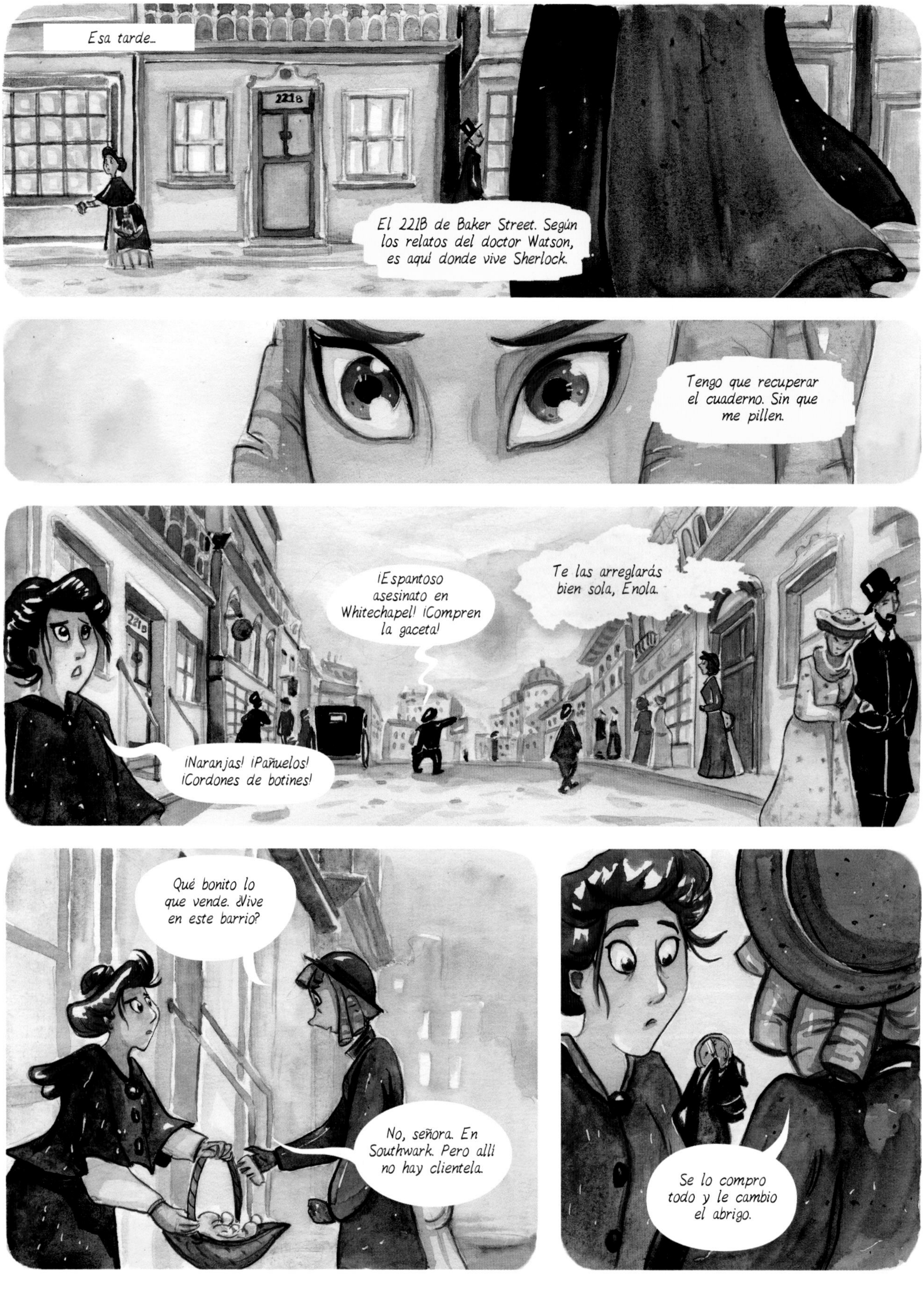
Esa tarde...
El 221B de Baker Street. Según los relatos del doctor Watson, es aquí donde vive Sherlock.
Tengo que recuperar el cuaderno. Sin que me pillen.
¡Espantoso asesinato en Whitechapel! ¡Compren la gaceta!
Te las arreglarás bien sola, Enola.
¡Naranjas! ¡Pañuelos! ¡Cordones de botines!
Qué bonito lo que vende. ¿Vive en este barrio?
No, señora. En Southwark. Pero allí no hay clientela.
Se lo compro todo y le cambio el abrigo.

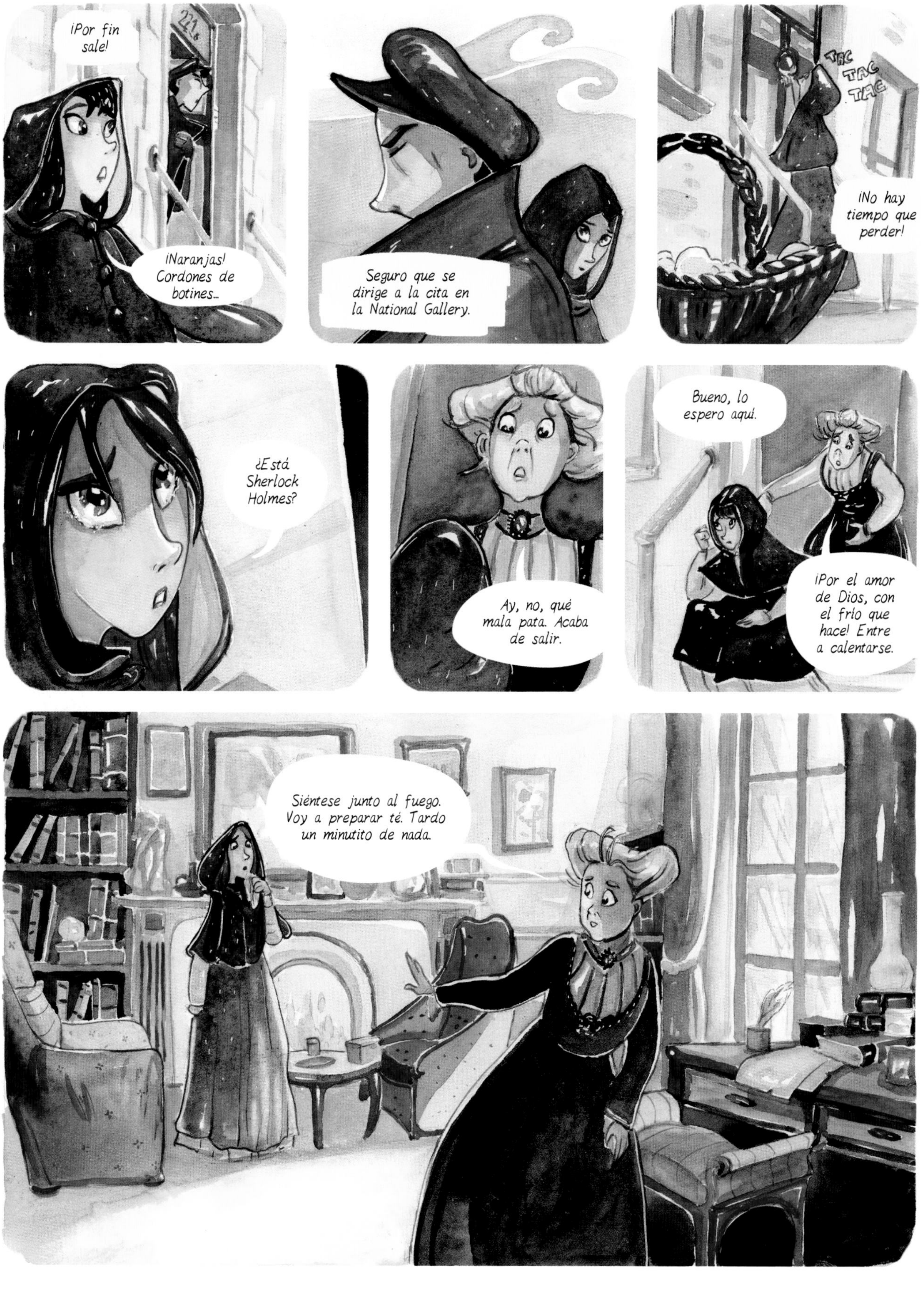
¡Por fin sale!
¡Naranjas! Cordones de botines...
Seguro que se dirige a la cita en la National Gallery.
TAC TAC TAC
¡No hay tiempo que perder!
¿Está Sherlock Holmes?
Ay, no, qué mala pata. Acaba de salir.
Bueno, lo espero aquí.
¡Por el amor de Dios, con el frío que hace! Entre a calentarse.
Siéntese junto al fuego. Voy a preparar té. Tardo un minutito de nada.

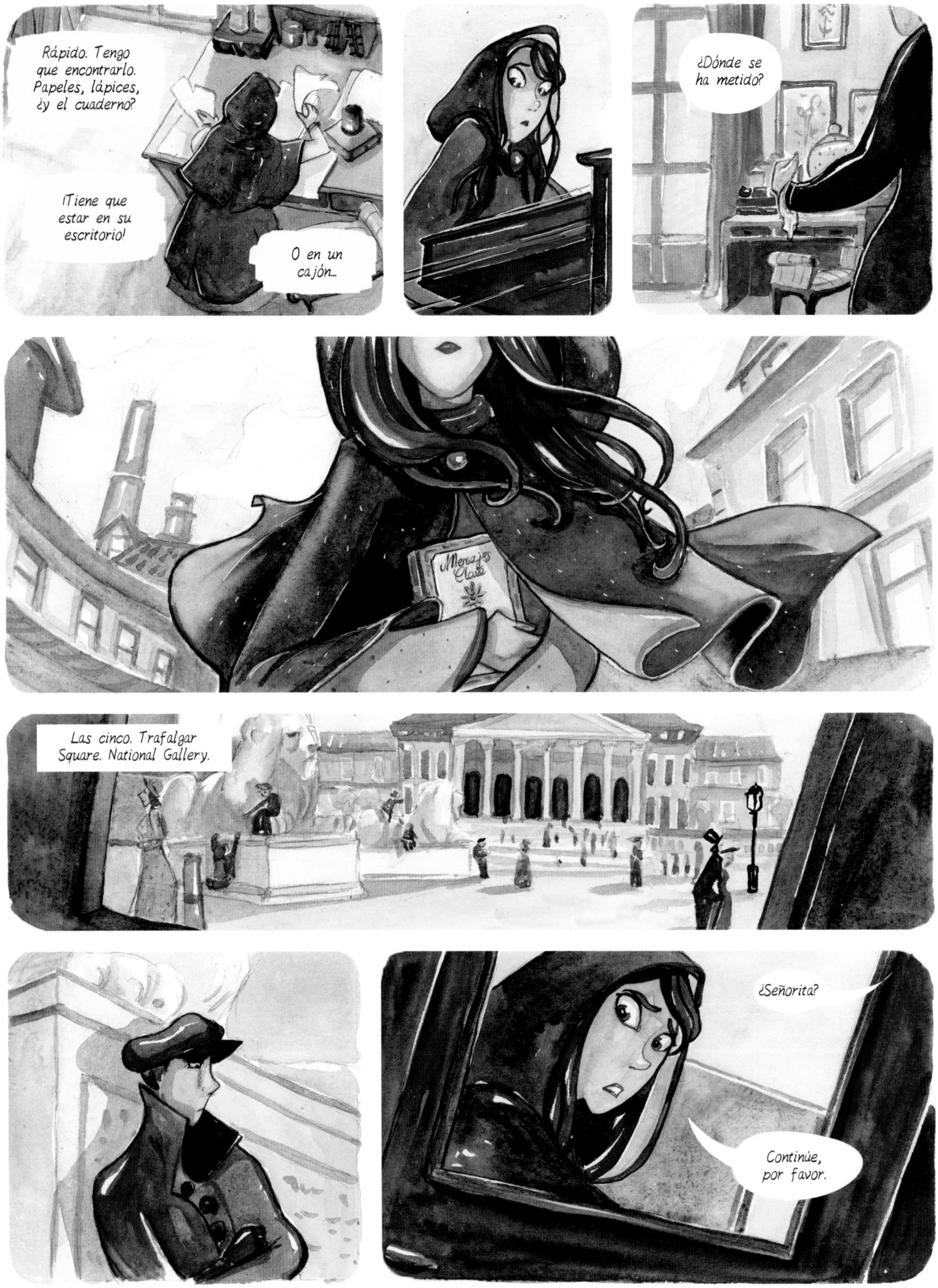
Rápido. Tengo que encontrarlo. Papeles, lápices, ¿y el cuaderno?
¡Tiene que estar en su escritorio!
O en un cajón...
¿Dónde se ha metido?
Mensajes Clave
Las cinco. Trafalgar Square. National Gallery.
¿Señorita?
Continúe, por favor.

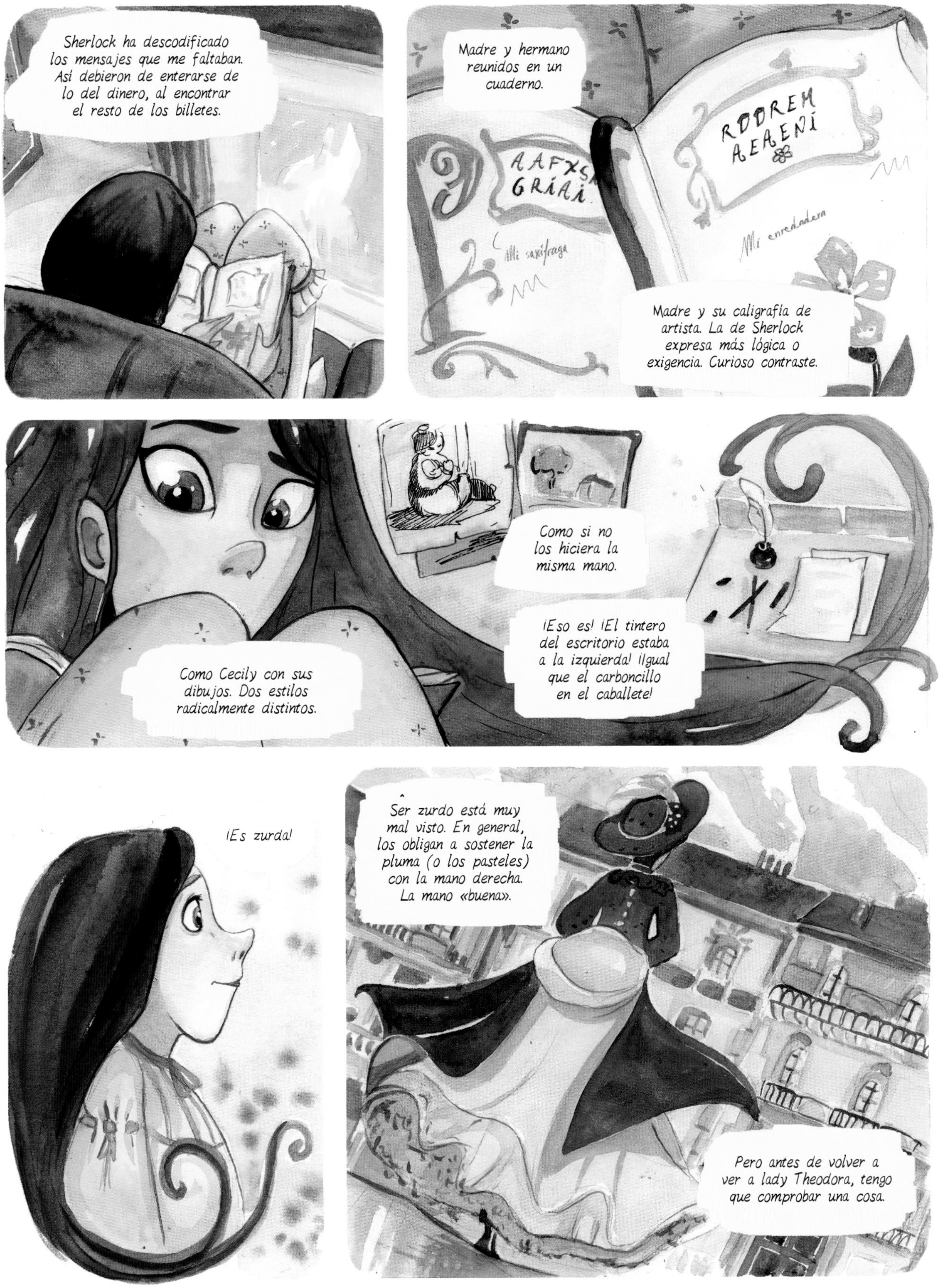

Sherlock ha descodificado los mensajes que me faltaban. Así debieron de enterarse de lo del dinero, al encontrar el resto de los billetes.
Madre y hermano reunidos en un cuaderno.
Mi saxífraga
Mi enredadera
Madre y su caligrafía de artista. La de Sherlock expresa más lógica o exigencia. Curioso contraste.
Como si no los hiciera la misma mano.
Como Cecily con sus dibujos. Dos estilos radicalmente distintos.
¡Eso es! ¡El tintero del escritorio estaba a la izquierda! ¡Igual que el carboncillo en el caballete!
¡Es zurda!
Ser zurdo está muy mal visto. En general, los obligan a sostener la pluma (o los pasteles) con la mano derecha. La mano «buena».
Pero antes de volver a ver a lady Theodora, tengo que comprobar una cosa.

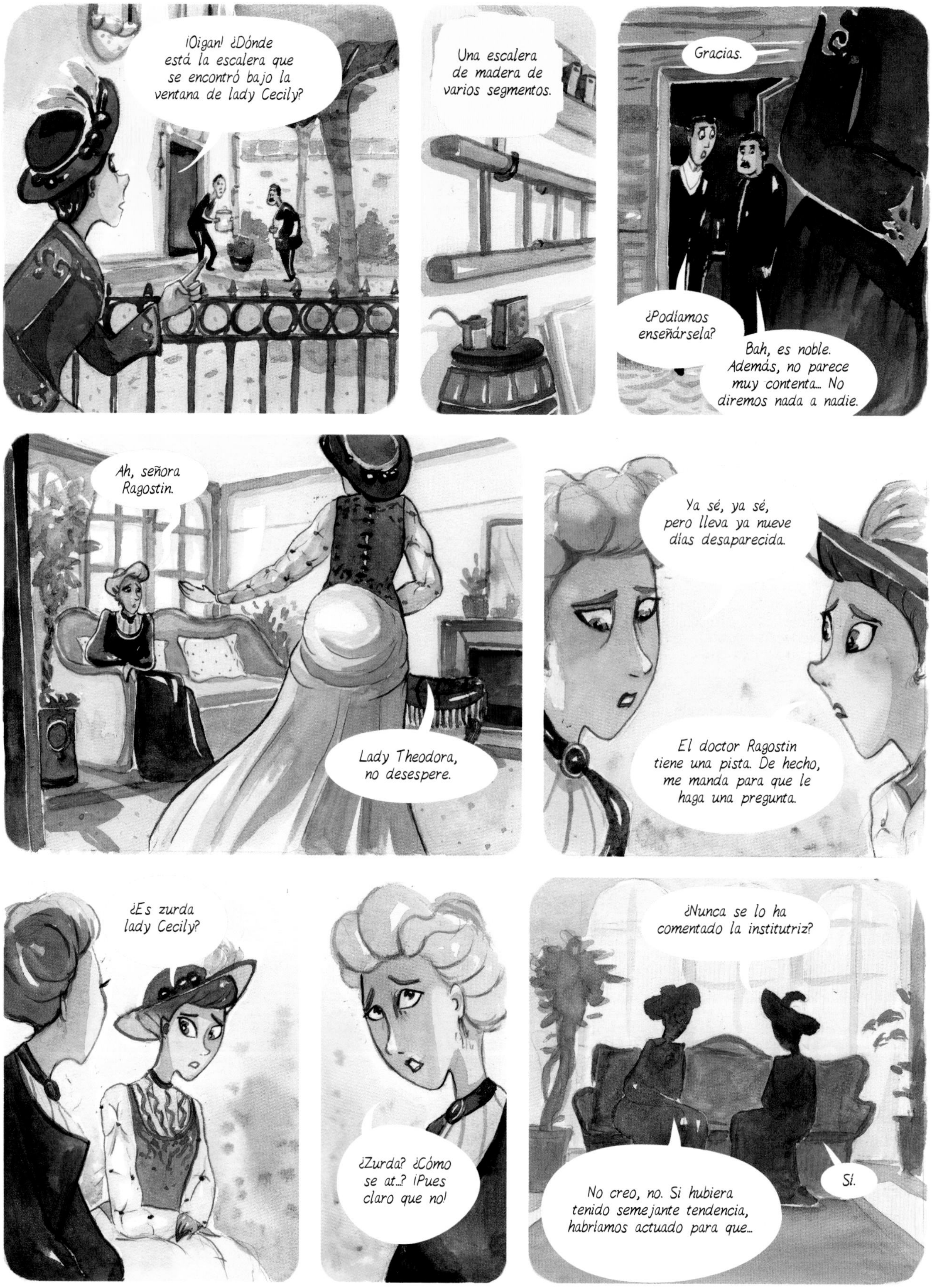
¡Oigan! ¿Dónde está la escalera que se encontró bajo la ventana de lady Cecily?
Una escalera de madera de varios segmentos.
Gracias.
¿Podíamos enseñársela?
Bah, es noble. Además, no parece muy contenta... No diremos nada a nadie.
Ah, señora Ragostin.
Lady Theodora, no desespere.
Ya sé, ya sé, pero lleva ya nueve días desaparecida.
El doctor Ragostin tiene una pista. De hecho, me manda para que le haga una pregunta.
¿Es zurda lady Cecily?
¿Zurda? ¿Cómo se at...? ¡Pues claro que no!
¿Nunca se lo ha comentado la institutriz?
No creo, no. Si hubiera tenido semejante tendencia, habríamos actuado para que...
Sí.

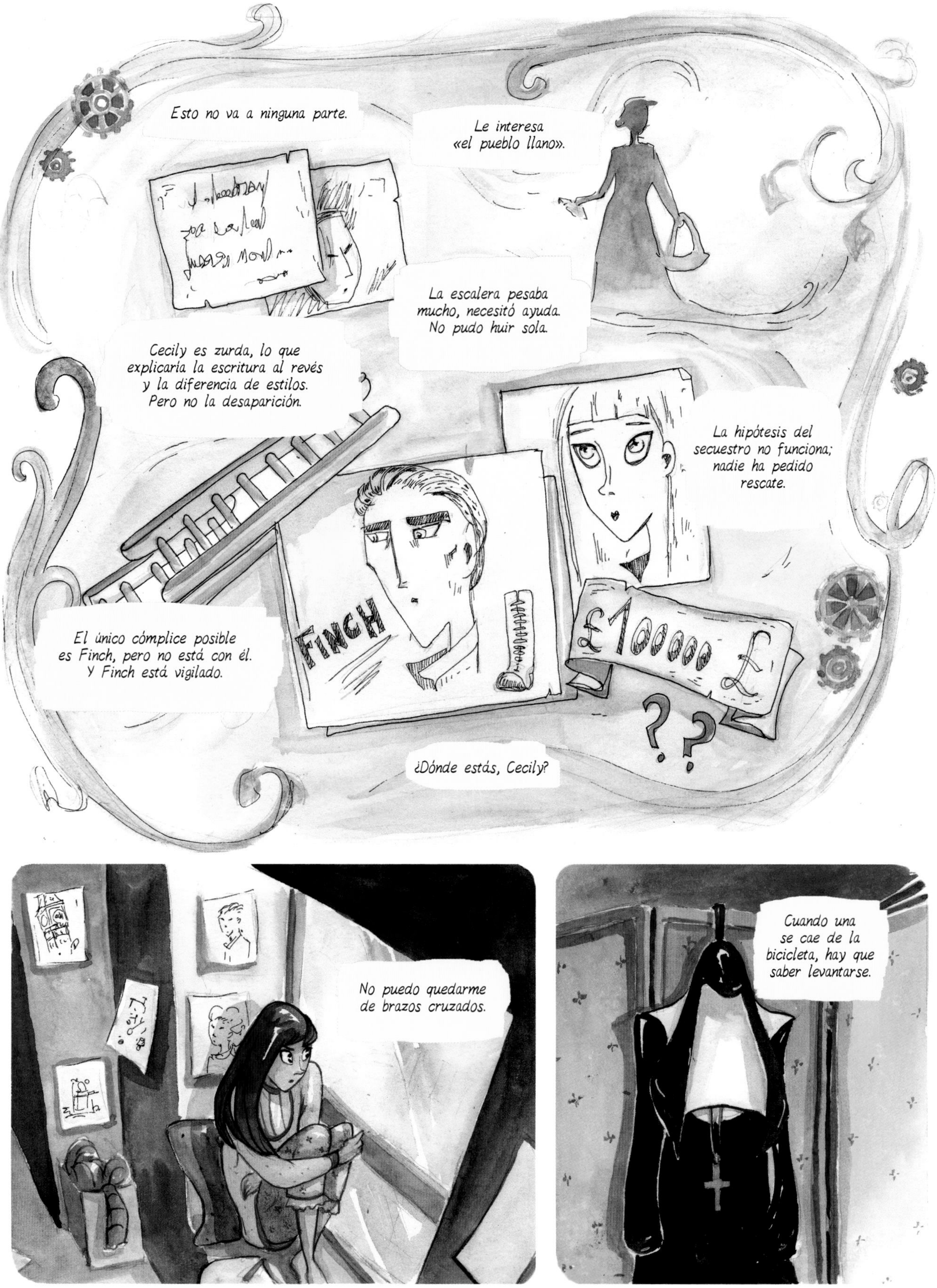
Esto no va a ninguna parte.
Le interesa «el pueblo llano».
La escalera pesaba mucho, necesitó ayuda. No pudo huir sola.
Cecily es zurda, lo que explicaría la escritura al revés y la diferencia de estilos. Pero no la desaparición.
La hipótesis del secuestro no funciona; nadie ha pedido rescate.
FINCH
El único cómplice posible es Finch, pero no está con él. Y Finch está vigilado.
¿Dónde estás, Cecily?
No puedo quedarme de brazos cruzados.
Cuando una se cae de la bicicleta, hay que saber levantarse.

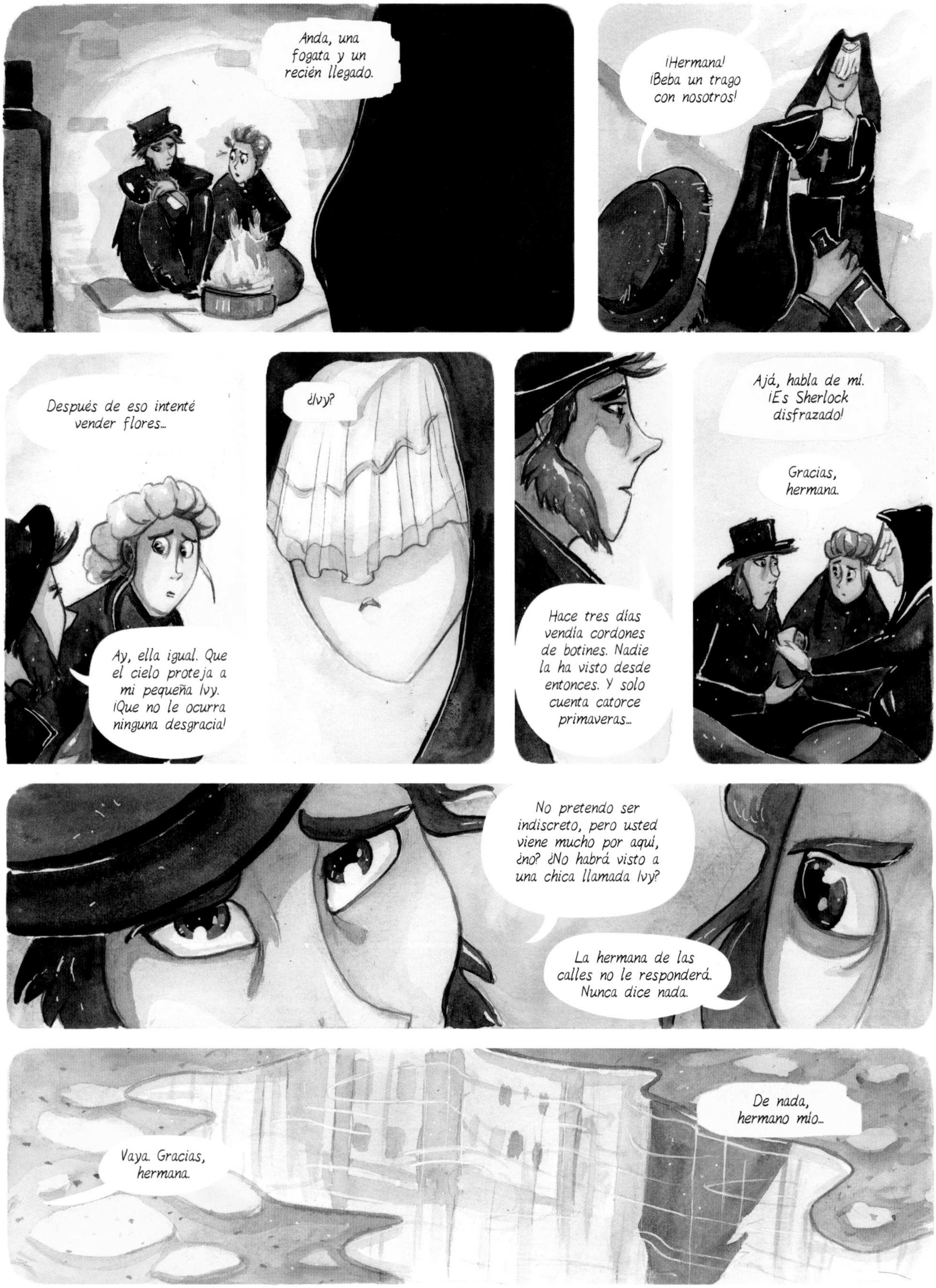
Anda, una fogata y un recién llegado.
¡Hermana! ¡Beba un trago con nosotros!
Después de eso intenté vender flores...
Ay, ella igual. Que el cielo proteja a mi pequeña Ivy. ¡Que no le ocurra ninguna desgracia!
¿Ivy?
Hace tres días vendía cordones de botines. Nadie la ha visto desde entonces. Y solo cuenta catorce primaveras...
Ajá, habla de mí. ¡Es Sherlock disfrazado!
Gracias, hermana.
No pretendo ser indiscreto, pero usted viene mucho por aquí, ¿no? ¿No habrá visto a una chica llamada Ivy?
La hermana de las calles no le responderá. Nunca dice nada.
Vaya. Gracias, hermana.
De nada, hermano mío...

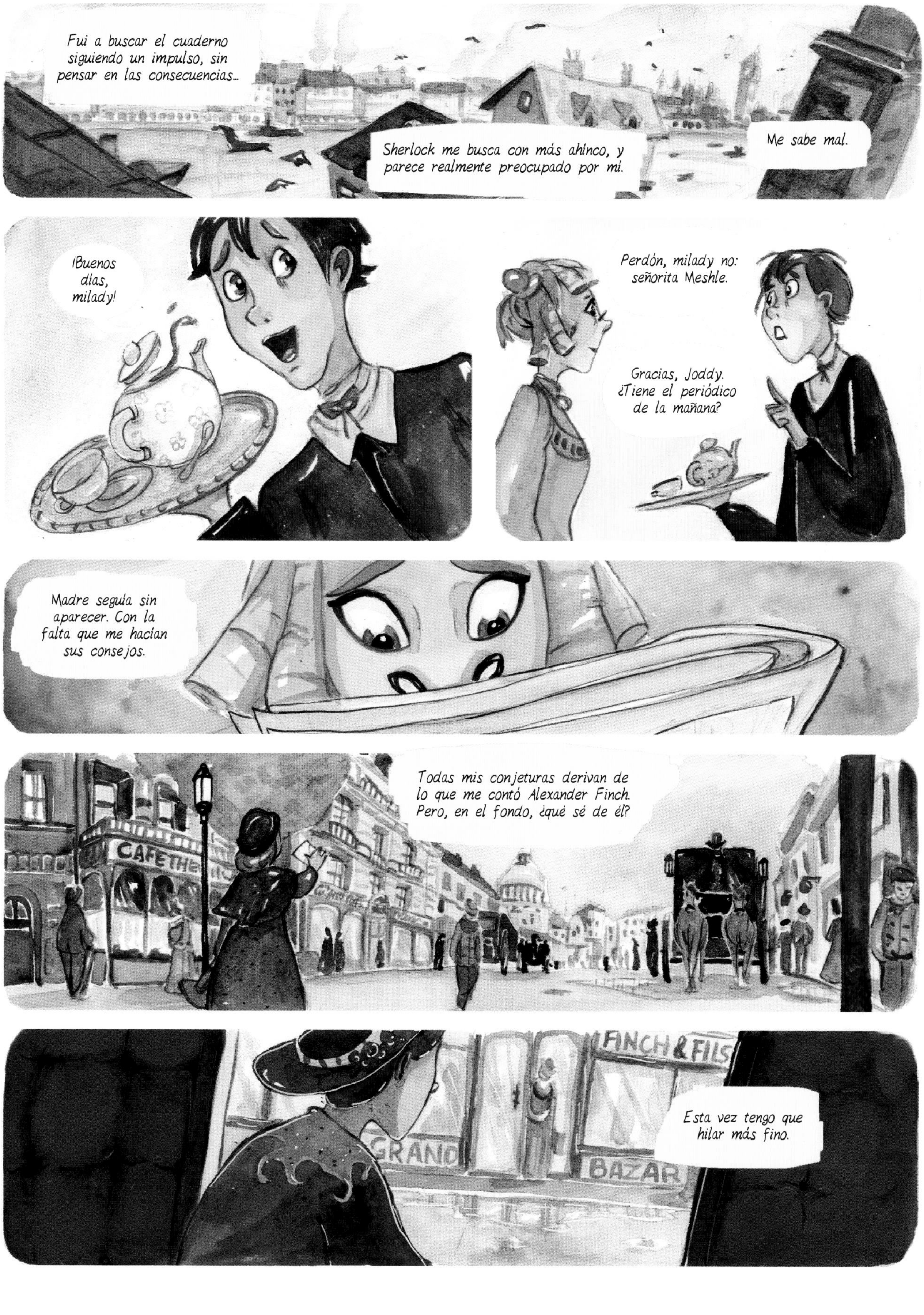
Fui a buscar el cuaderno siguiendo un impulso, sin pensar en las consecuencias...
Sherlock me busca con más ahínco, y parece realmente preocupado por mí.
Me sabe mal.
¡Buenos días, milady!
Perdón, milady no: señorita Meshle.
Gracias, Joddy. ¿Tiene el periódico de la mañana?
Madre seguía sin aparecer. Con la falta que me hacían sus consejos.
Todas mis conjeturas derivan de lo que me contó Alexander Finch. Pero, en el fondo, ¿qué sé de él?
CAFE THE
FINCH & FILS
GRAND
BAZAR
Esta vez tengo que hilar más fino.

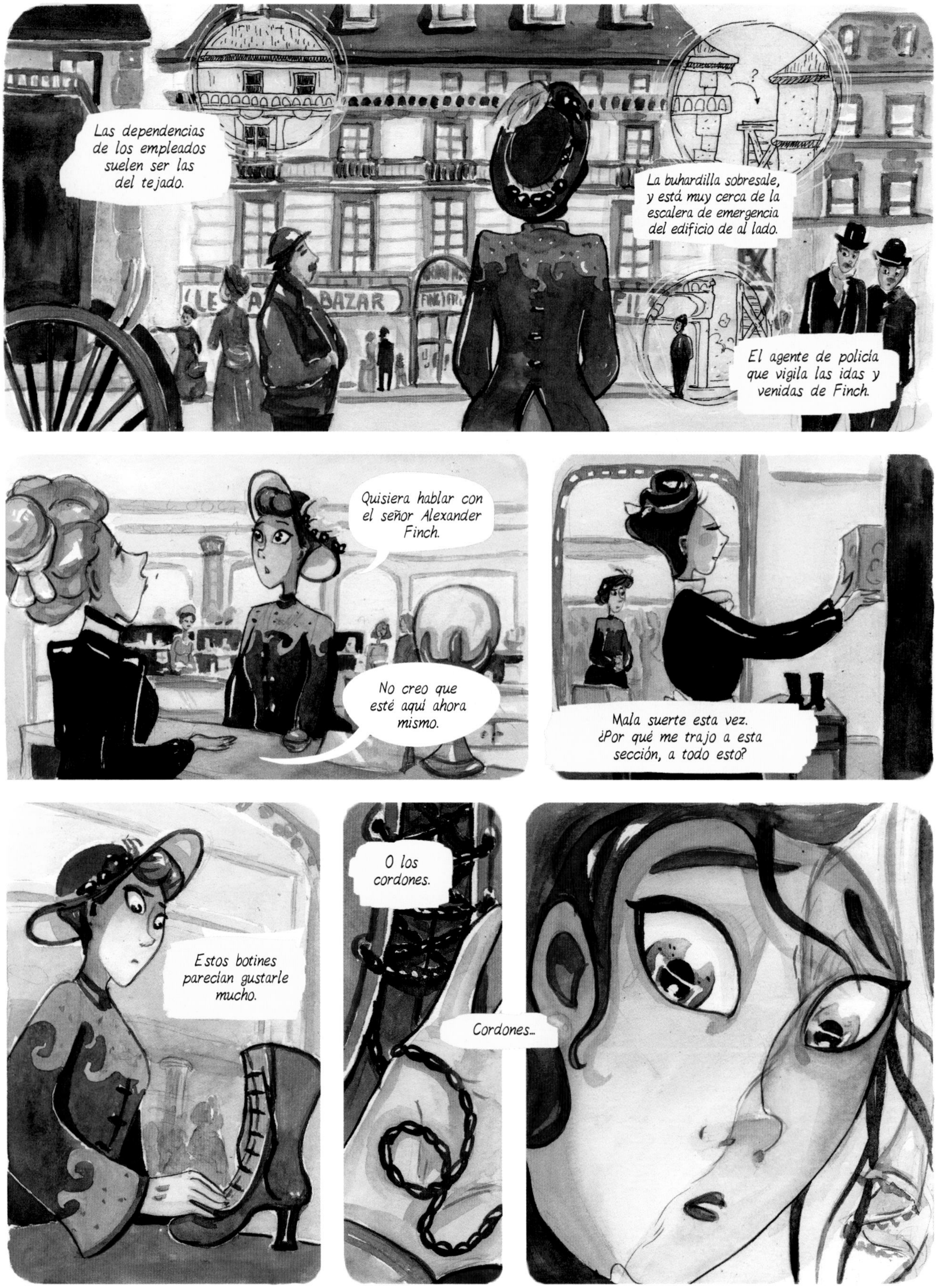
Las dependencias de los empleados suelen ser las del tejado.
La buhardilla sobresale, y está muy cerca de la escalera de emergencia del edificio de al lado.
BAZAR
El agente de policía que vigila las idas y venidas de Finch.
Quisiera hablar con el señor Alexander Finch.
No creo que esté aquí ahora mismo.
Mala suerte esta vez. ¿Por qué me trajo a esta sección, a todo esto?
Estos botines parecían gustarle mucho.
O los cordones.
Cordones...

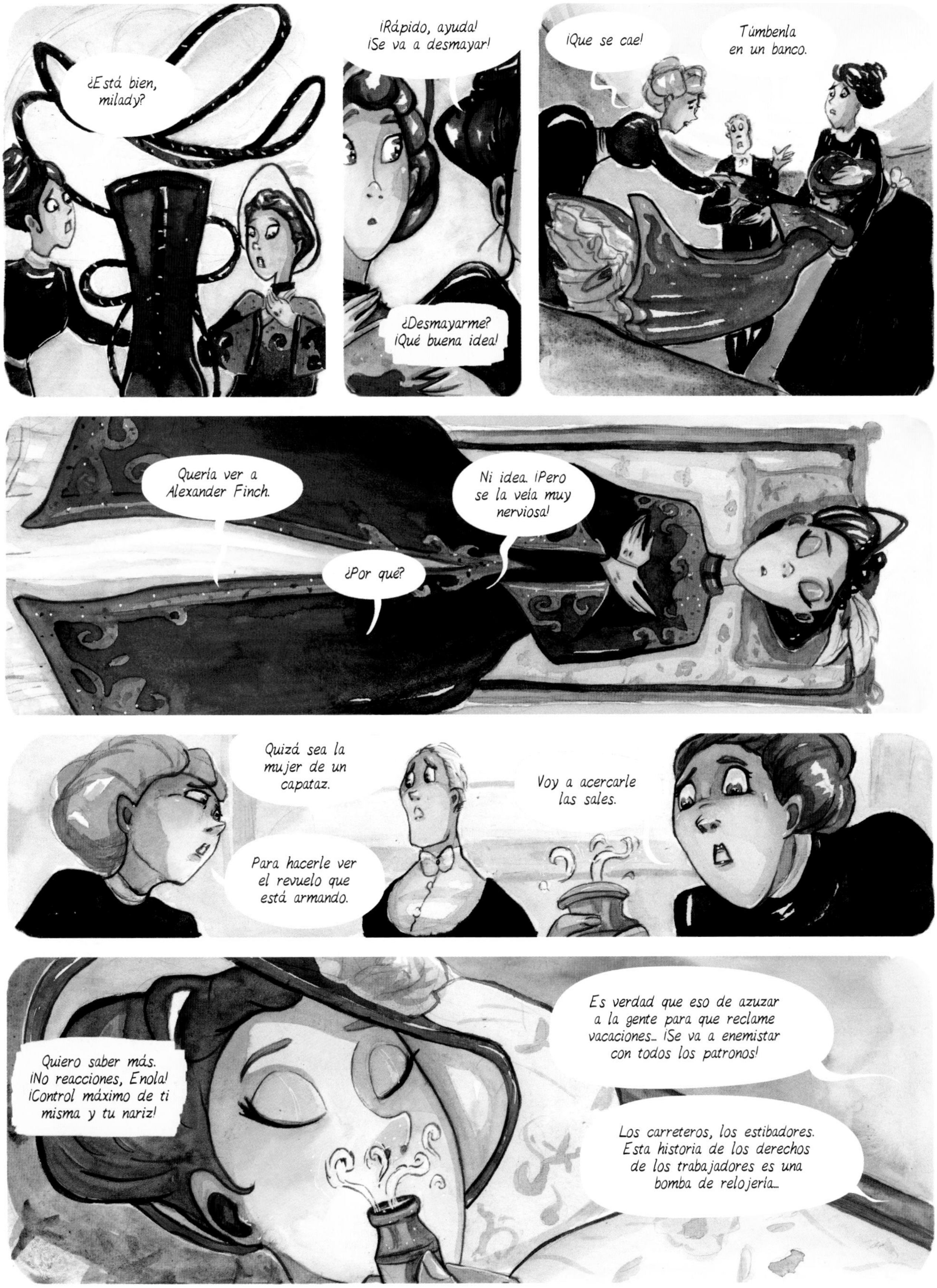
¿Está bien, milady?
¡Rápido, ayuda! ¡Se va a desmayar!
¿Desmayarme? ¡Qué buena idea!
¡Que se cae!
Túmbenla en un banco.
Quería ver a Alexander Finch.
¿Por qué?
Ni idea. ¡Pero se la veía muy nerviosa!
Quizá sea la mujer de un capataz.
Para hacerle ver el revuelo que está armando.
Voy a acercarle las sales.
Quiero saber más. ¡No reacciones, Enola! ¡Control máximo de ti misma y tu nariz!
Es verdad que eso de azuzar a la gente para que reclame vacaciones... ¡Se va a enemistar con todos los patronos!
Los carreteros, los estibadores. Esta historia de los derechos de los trabajadores es una bomba de relojería...

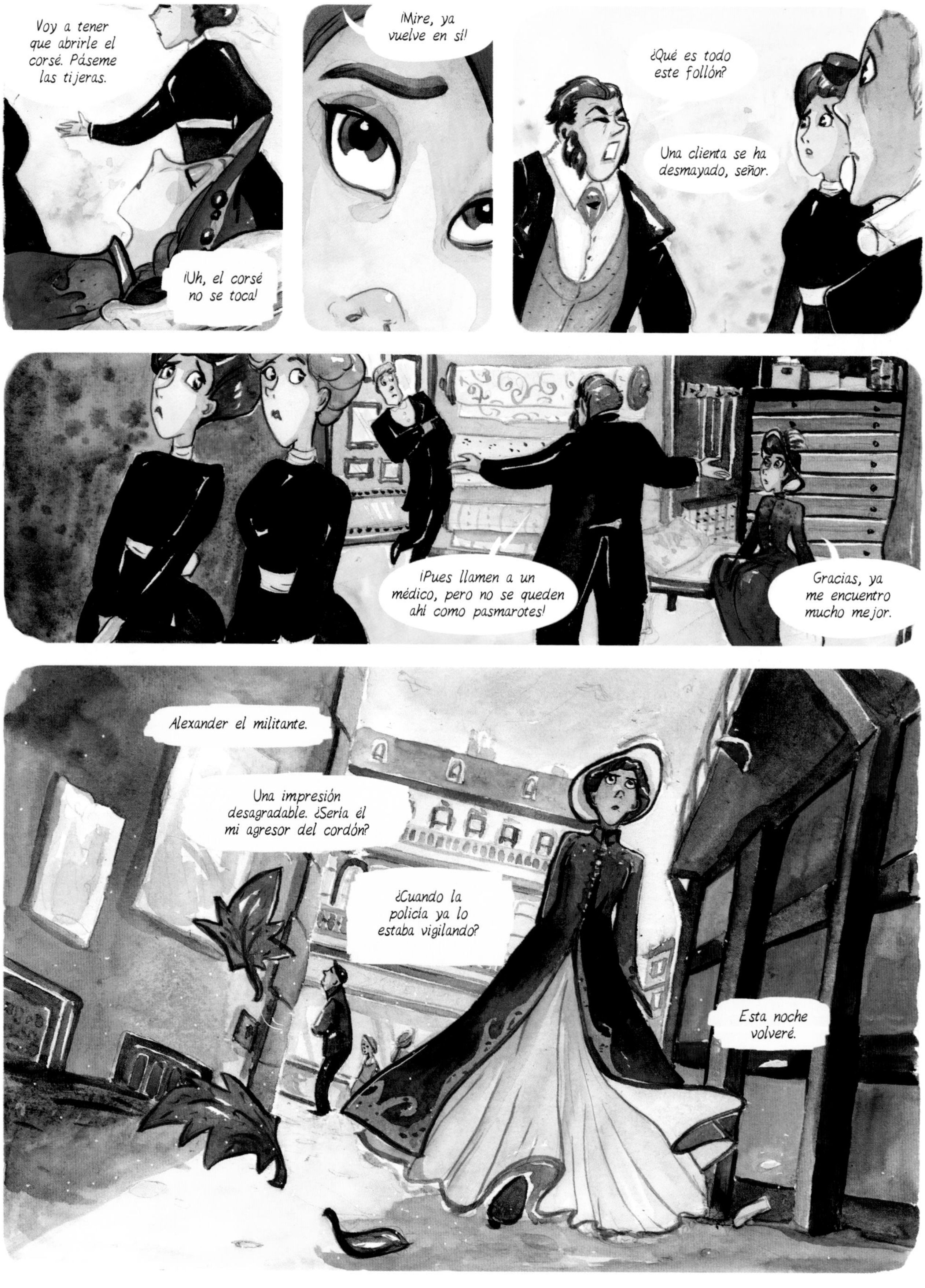
Voy a tener que abrirle el corsé. Páseme las tijeras.
¡Uh, el corsé no se toca!
¡Mire, ya vuelve en sí!
¿Qué es todo este follón?
Una clienta se ha desmayado, señor.
¡Pues llamen a un médico, pero no se queden ahí como pasmarotes!
Gracias, ya me encuentro mucho mejor.
Alexander el militante.
Una impresión desagradable. ¿Sería él mi agresor del cordón?
¿Cuando la policía ya lo estaba vigilando?
Esta noche volveré.

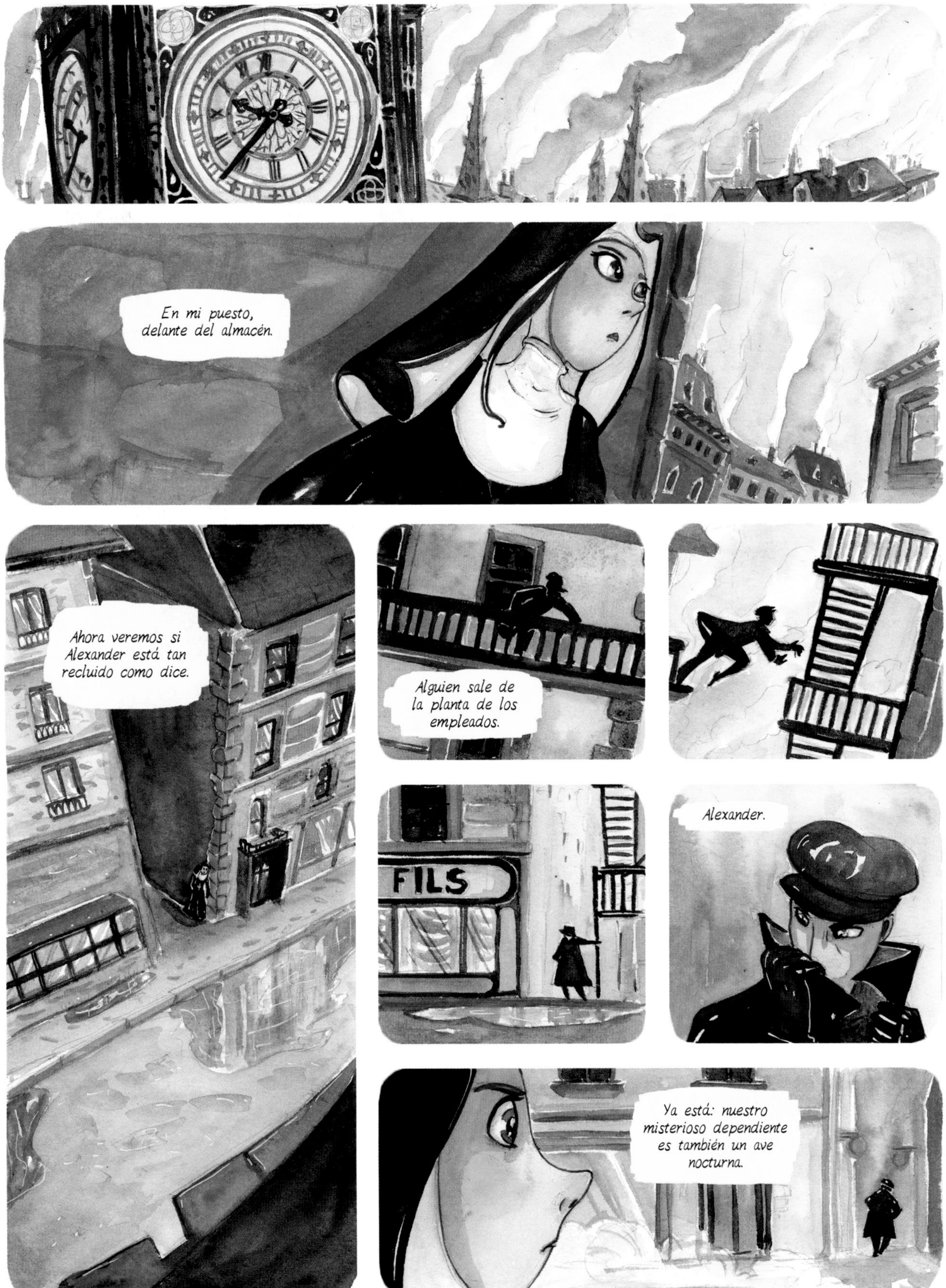
En mi puesto, delante del almacén.
Ahora veremos si Alexander está tan recluido como dice.
Alguien sale de la planta de los empleados.
FILS
Alexander.
Ya está: nuestro misterioso dependiente es también un ave nocturna.

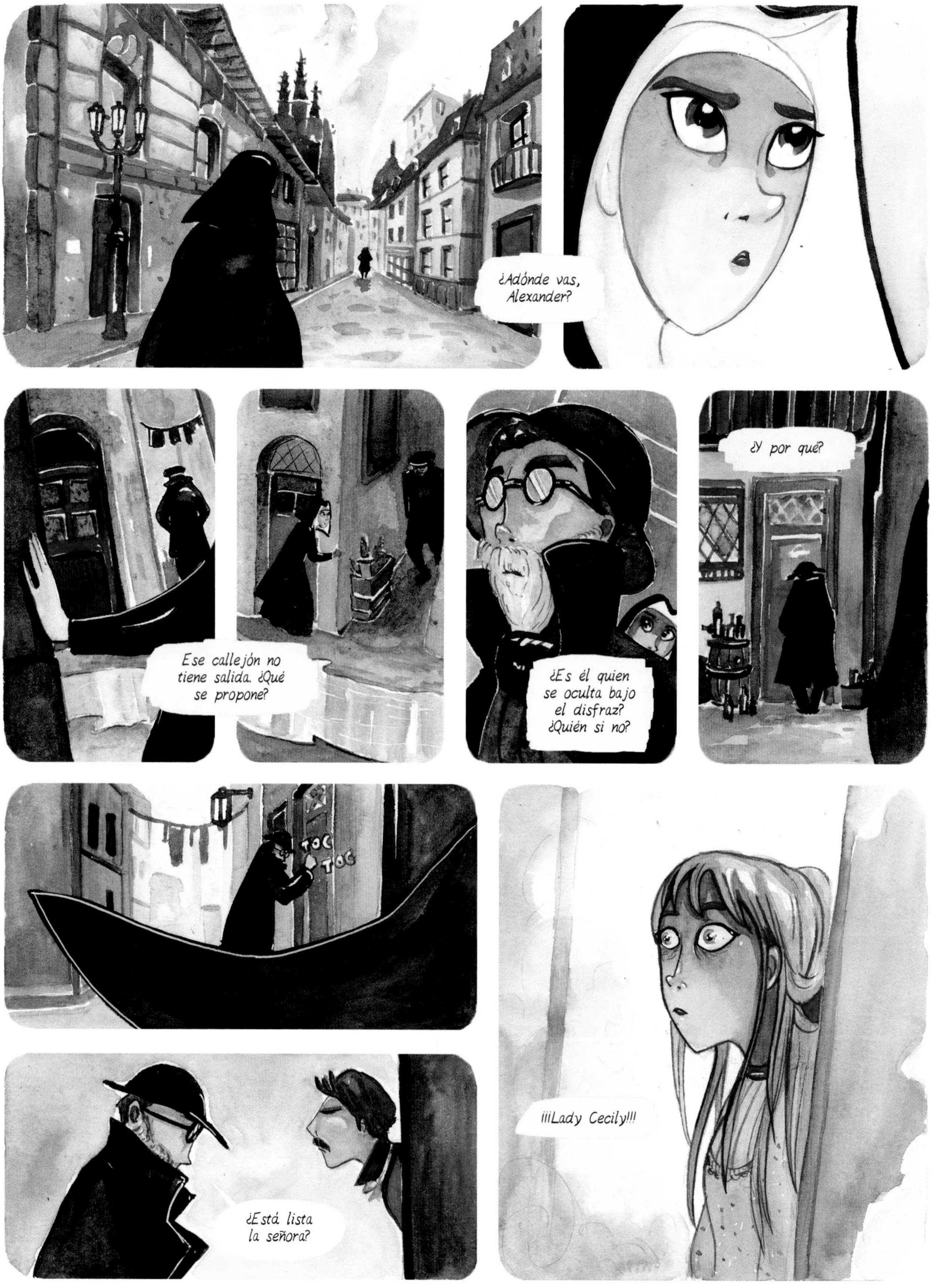
¿Adónde vas, Alexander?
Ese callejón no tiene salida. ¿Qué se propone?
¿Es él quien se oculta bajo el disfraz? ¿Quién si no?
¿Y por qué?
TOC TOC
¿Está lista la señora?
¡¡¡Lady Cecily!!!

¿Qué hace? ¿Hipnotizarla?
El tajo primero, la pitanza después.
El tajo primero, la pitanza después.
Todo esto es muy raro.
Todavía me duelen las manos.
Ya llega.
Va a empezar.
Qué frío hace, caray.
¡Masas laboriosas, es hora de rebelarse! El Imperio se levanta sobre la espalda del pueblo. ¡Estamos explotados por los capitalistas!

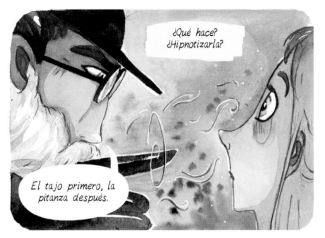

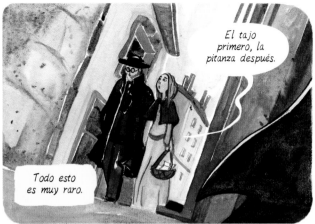

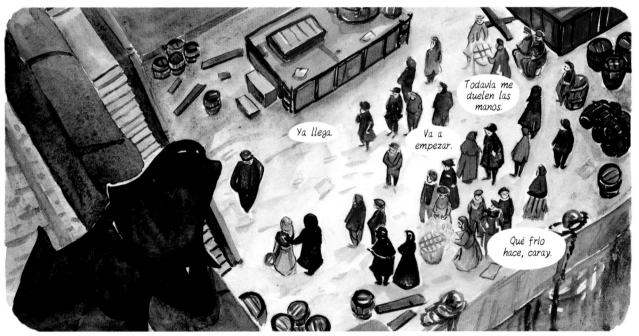

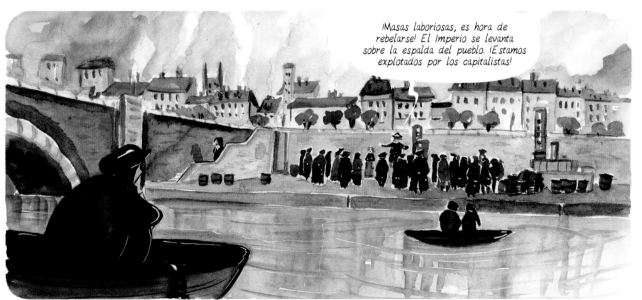

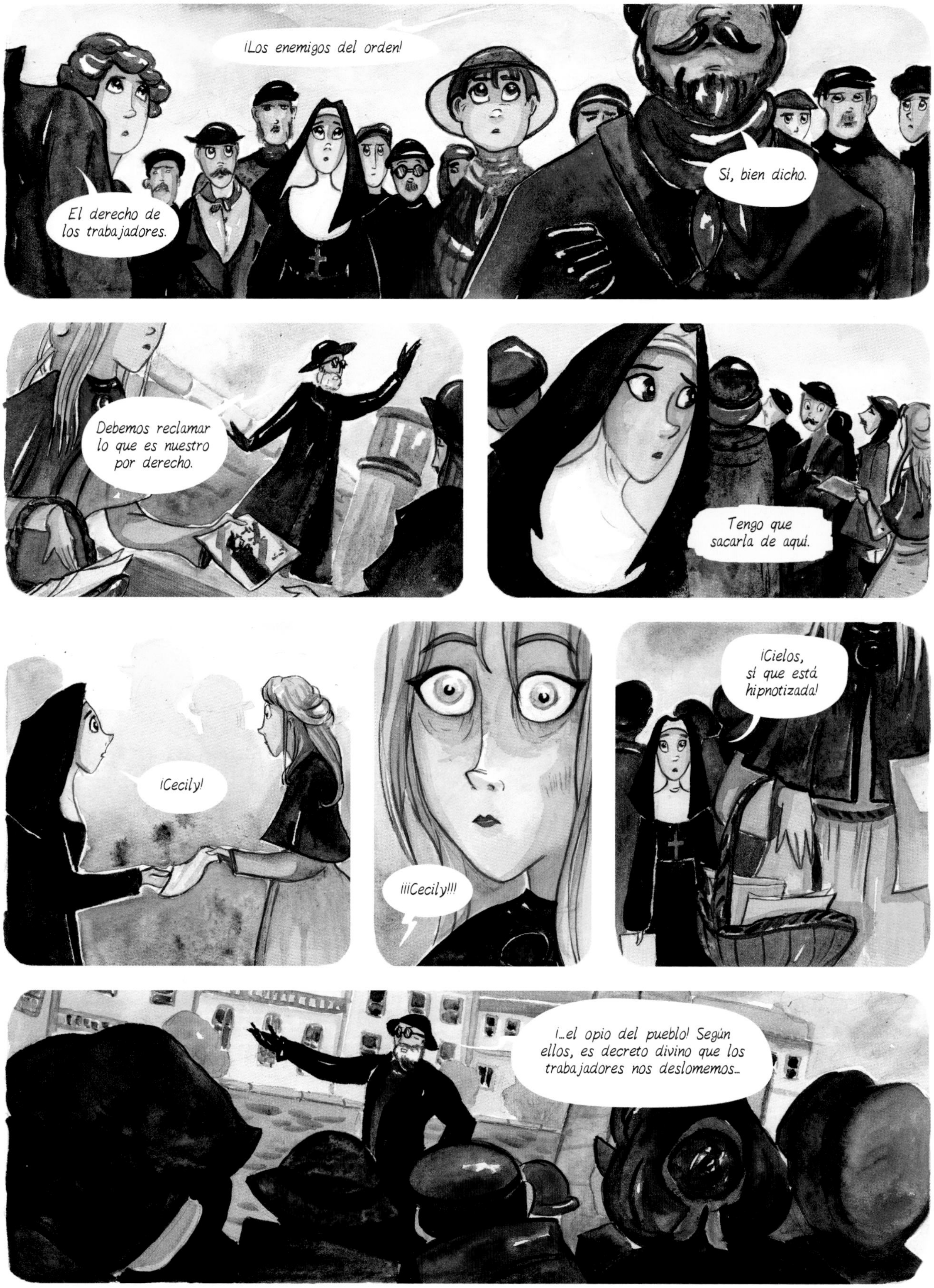
¡Los enemigos del orden!
El derecho de los trabajadores.
Sí, bien dicho.
Debemos reclamar lo que es nuestro por derecho.
Tengo que sacarla de aquí.
¡Cecily!
¡¡¡Cecily!!!
¡Cielos, sí que está hipnotizada!
¡...el opio del pueblo! Según ellos, es decreto divino que los trabajadores nos deslomemos...

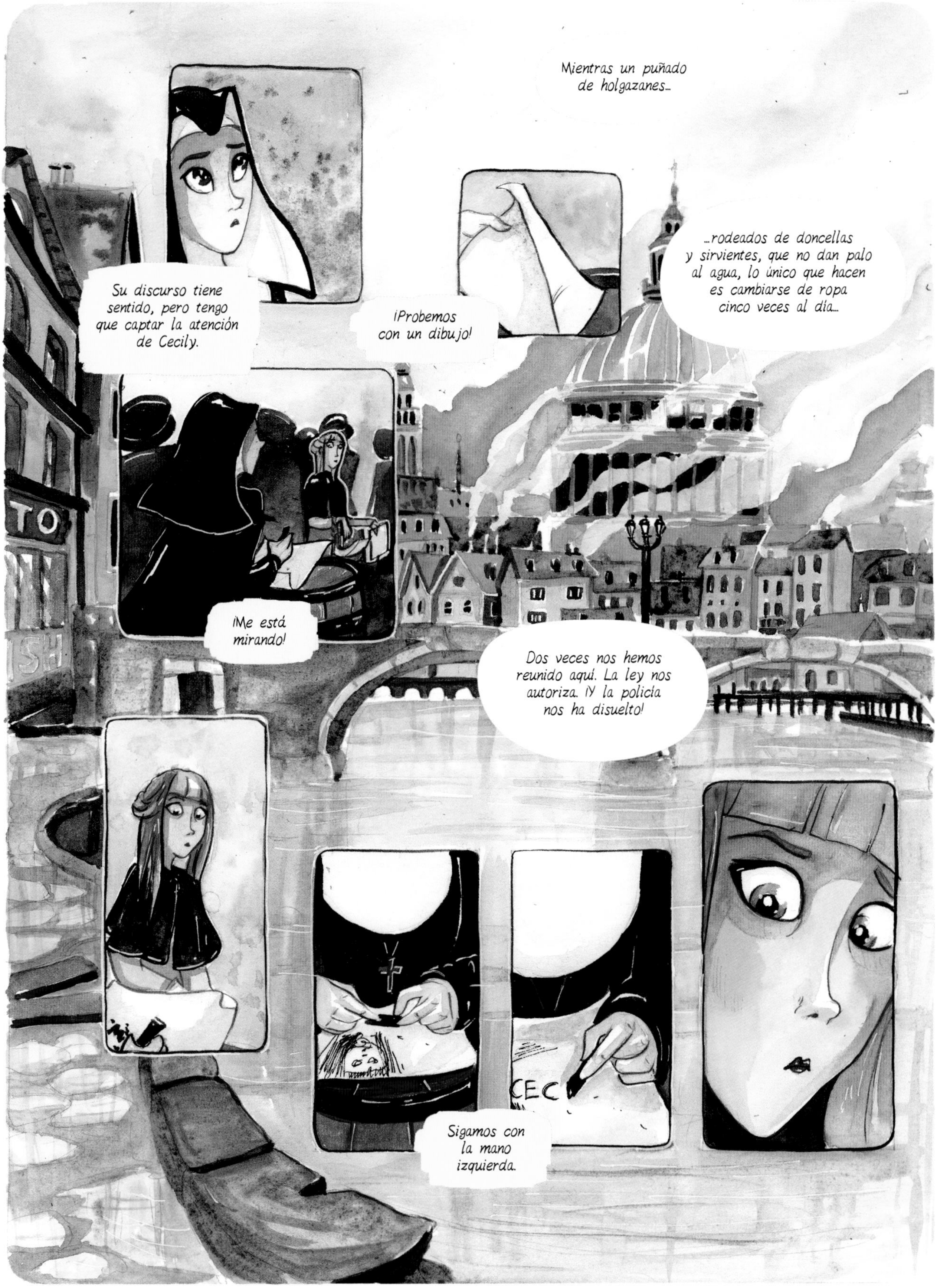
Mientras un puñado de holgazanes...
Su discurso tiene sentido, pero tengo que captar la atención de Cecily.
¡Probemos con un dibujo!
...rodeados de doncellas y sirvientes, que no dan palo al agua, lo único que hacen es cambiarse de ropa cinco veces al día...
¡Me está mirando!
Dos veces nos hemos reunido aquí. La ley nos autoriza. ¡Y la policía nos ha disuelto!
CEC
Sigamos con la mano izquierda.

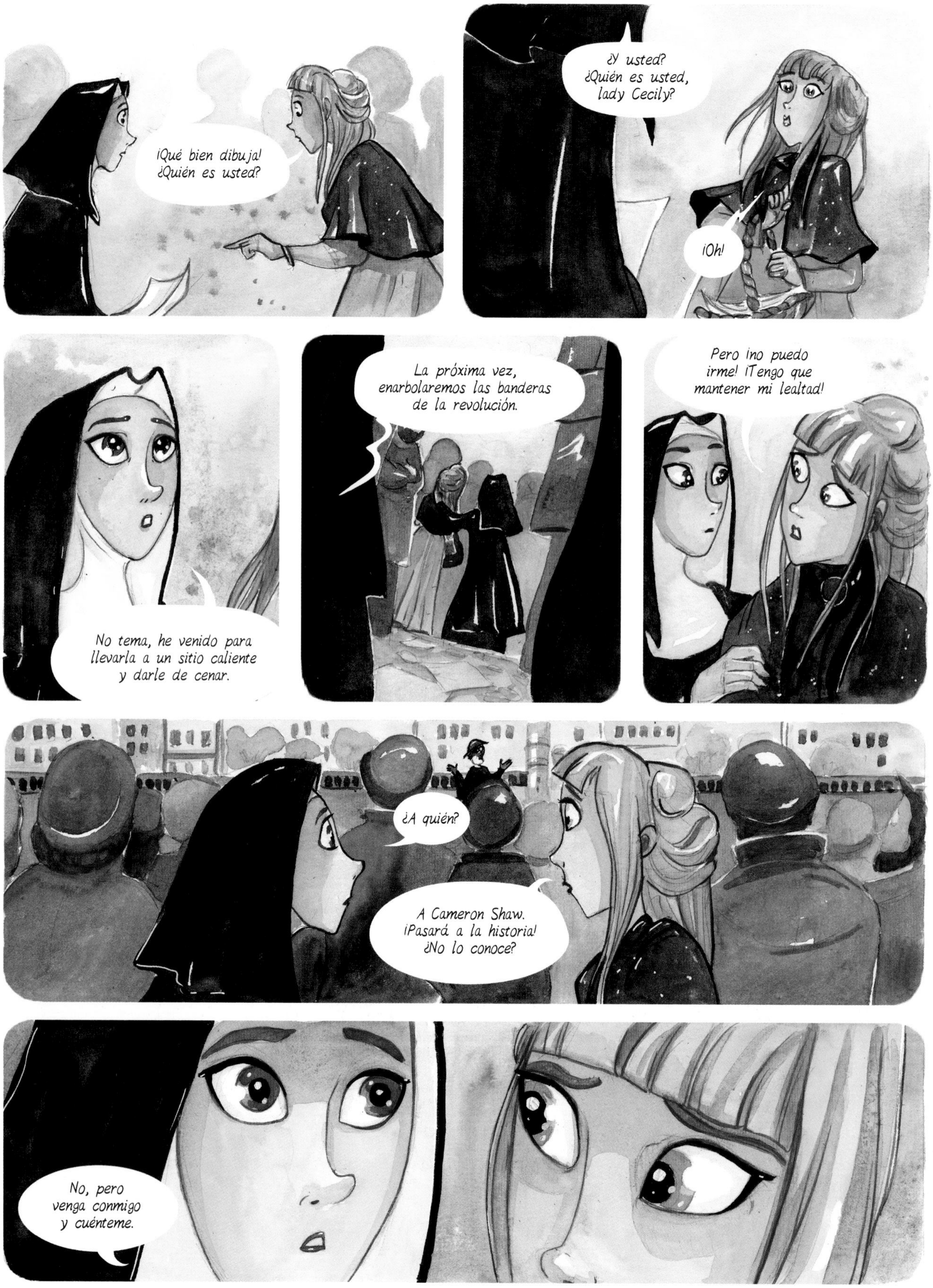
¡Qué bien dibuja! ¿Quién es usted?
¿Y usted? ¿Quién es usted, lady Cecily?
¡Oh!
No tema, he venido para llevarla a un sitio caliente y darle de cenar.
La próxima vez, enarbolaremos las banderas de la revolución.
Pero ¡no puedo irme! ¡Tengo que mantener mi lealtad!
¿A quién?
A Cameron Shaw. ¡Pasará a la historia! ¿No lo conoce?
No, pero venga conmigo y cuénteme.

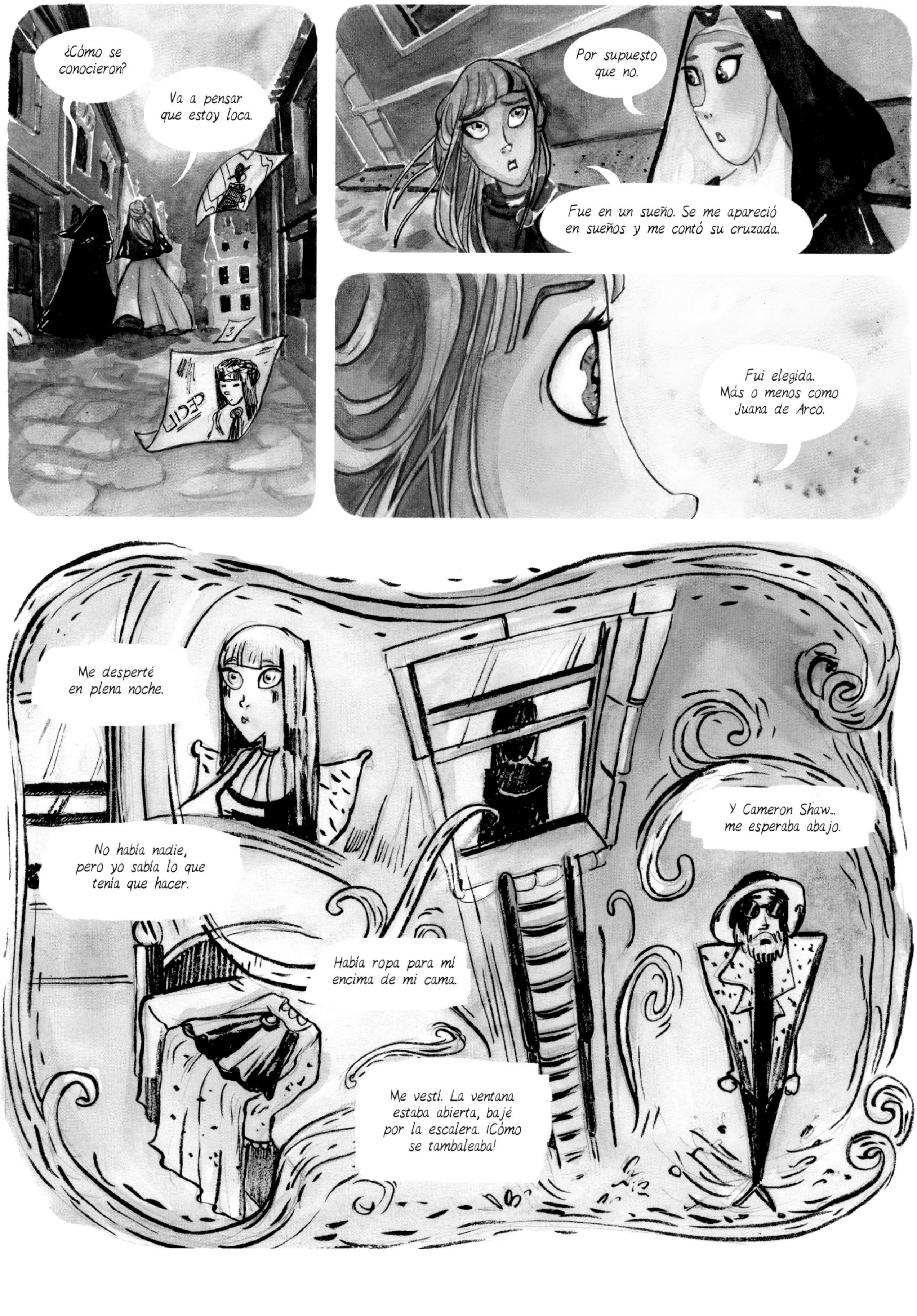
¿Cómo se conocieron?
Va a pensar que estoy loca.
Por supuesto que no.
Fue en un sueño. Se me apareció en sueños y me contó su cruzada.
Fui elegida. Más o menos como Juana de Arco.
Me desperté en plena noche.
No había nadie, pero yo sabía lo que tenía que hacer.
Había ropa para mí encima de mi cama.
Me vestí. La ventana estaba abierta, bajé por la escalera. ¡Cómo se tambaleaba!
Y Cameron Shaw... me esperaba abajo.

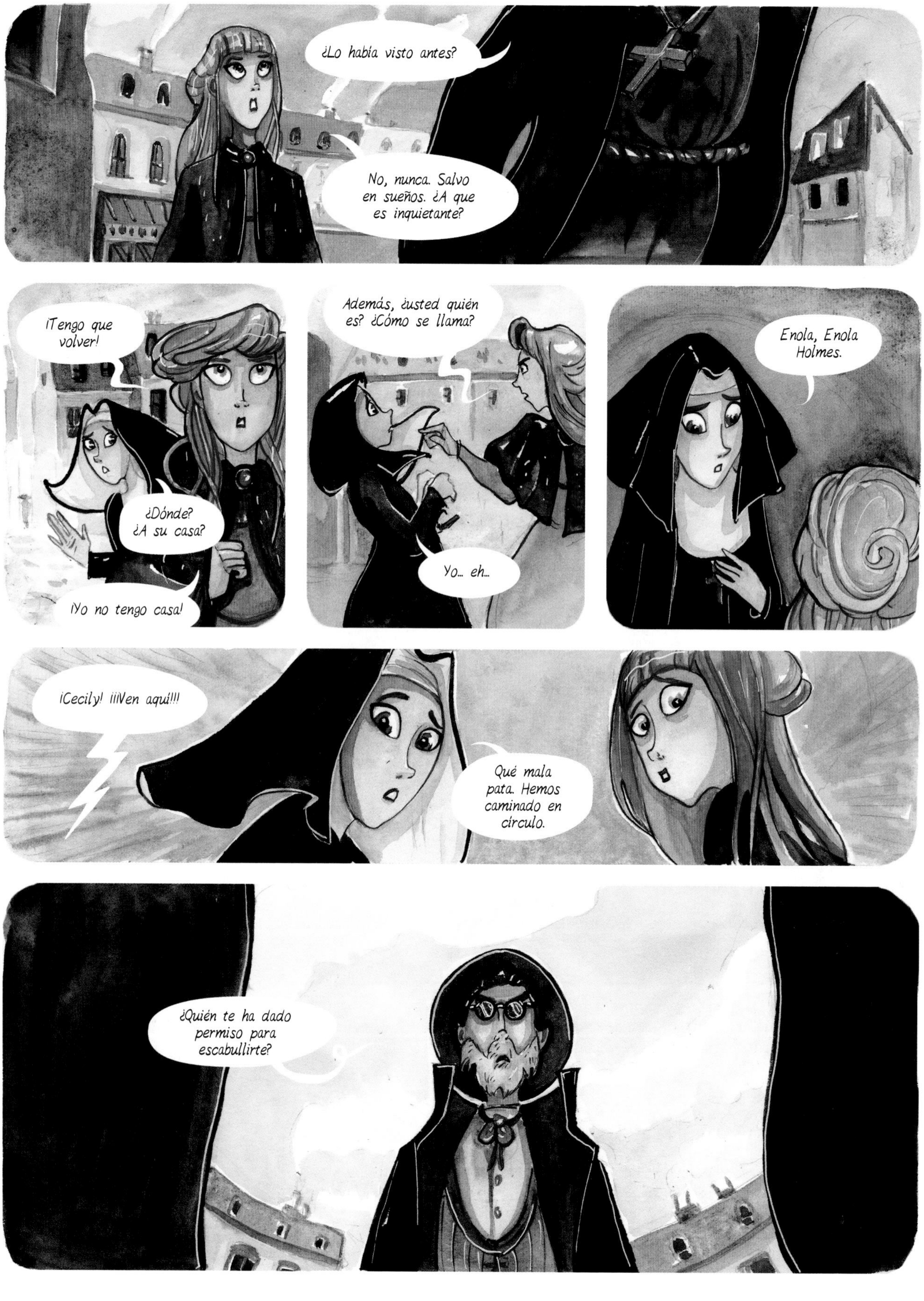
¿Lo había visto antes?
No, nunca. Salvo en sueños. ¿A que es inquietante?
¡Tengo que volver!
¿Dónde? ¿A su casa?
¡Yo no tengo casa!
Además, ¿usted quién es? ¿Cómo se llama?
Yo... eh...
Enola, Enola Holmes.
¡Cecily! ¡¡¡Ven aquí!!!
Qué mala pata. Hemos caminado en círculo.
¿Quién te ha dado permiso para escabullirte?

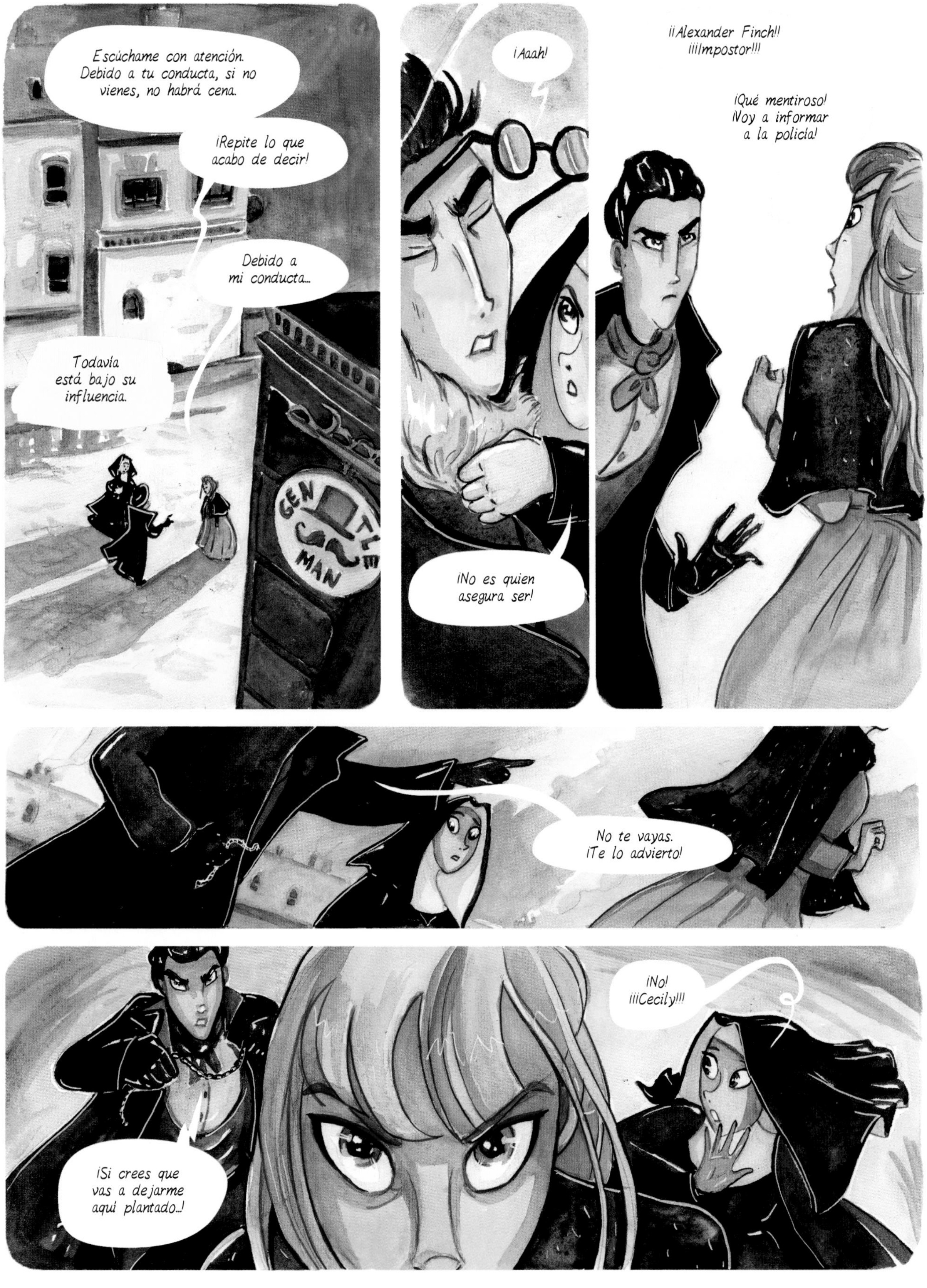

Escúchame con atención. Debido a tu conducta, si no vienes, no habrá cena.
¡Repite lo que acabo de decir!
Debido a mi conducta...
Todavía está bajo su influencia.
GENTLEMAN
¡Aaah!
¡No es quien asegura ser!
¡¡Alexander Finch!! ¡¡¡Impostor!!!
¡Qué mentiroso! ¡Voy a informar a la policía!
No te vayas. ¡Te lo advierto!
¡No! ¡¡¡Cecily!!!
¡Si crees que vas a dejarme aquí plantado...!

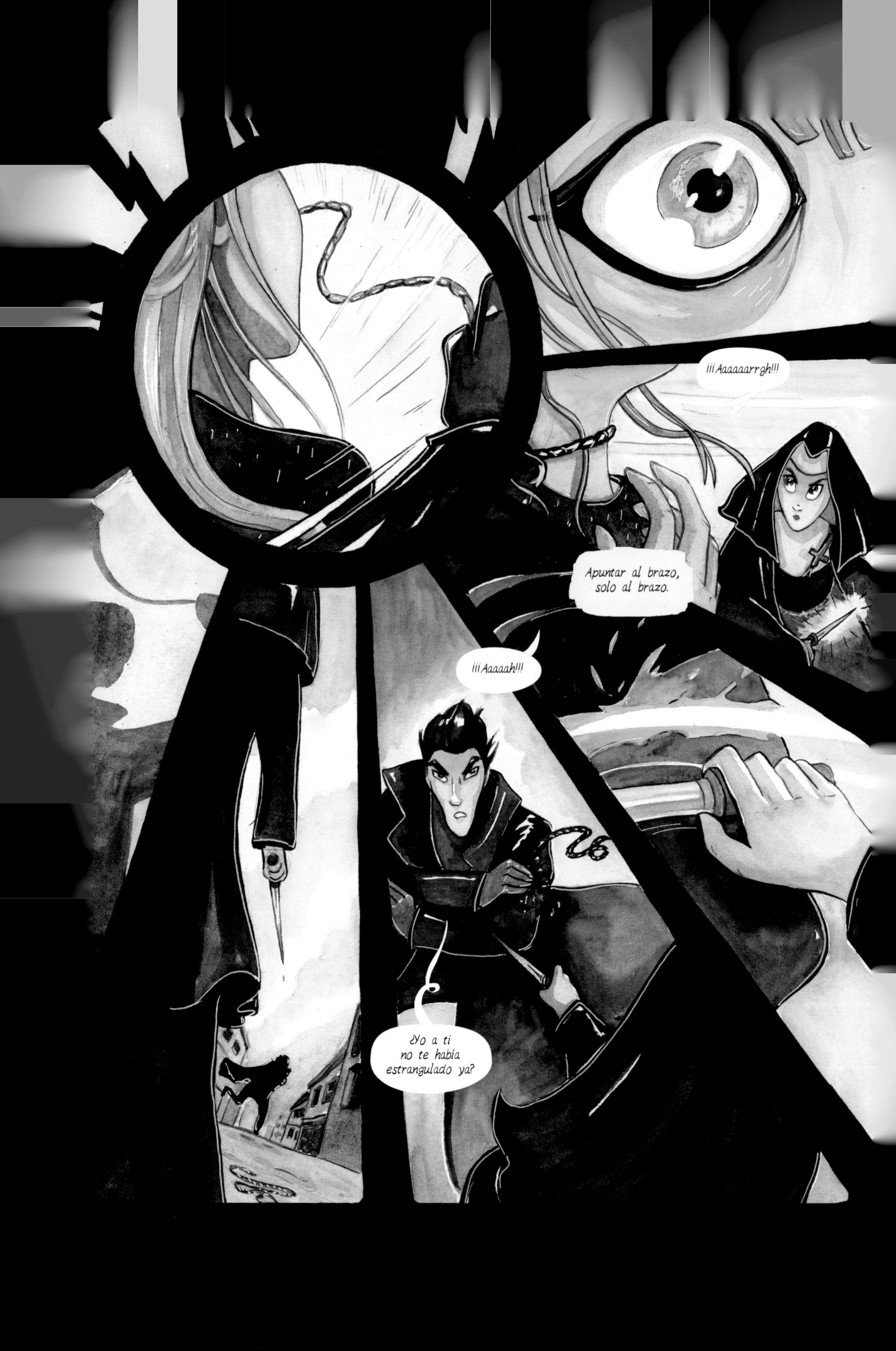
¡¡¡Aaaaaarrgh!!!
Apuntar al brazo, solo al brazo.
¡¡¡Aaaaah!!!
¿Yo a ti no te había estrangulado ya?

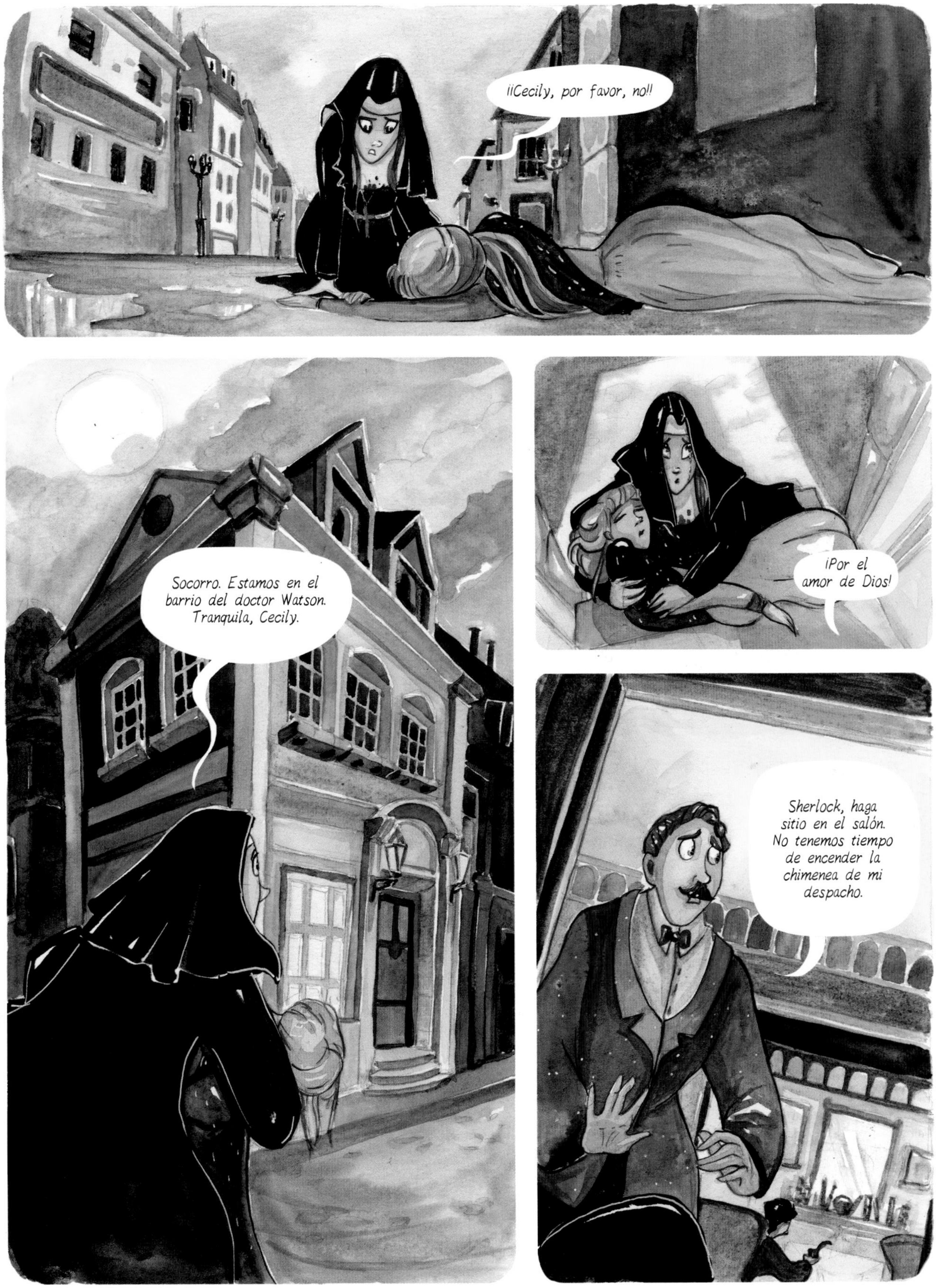
¡¡Cecily, por favor, no!!
Socorro. Estamos en el barrio del doctor Watson. Tranquila, Cecily.
¡Por el amor de Dios!
Sherlock, haga sitio en el salón. No tenemos tiempo de encender la chimenea de mi despacho.

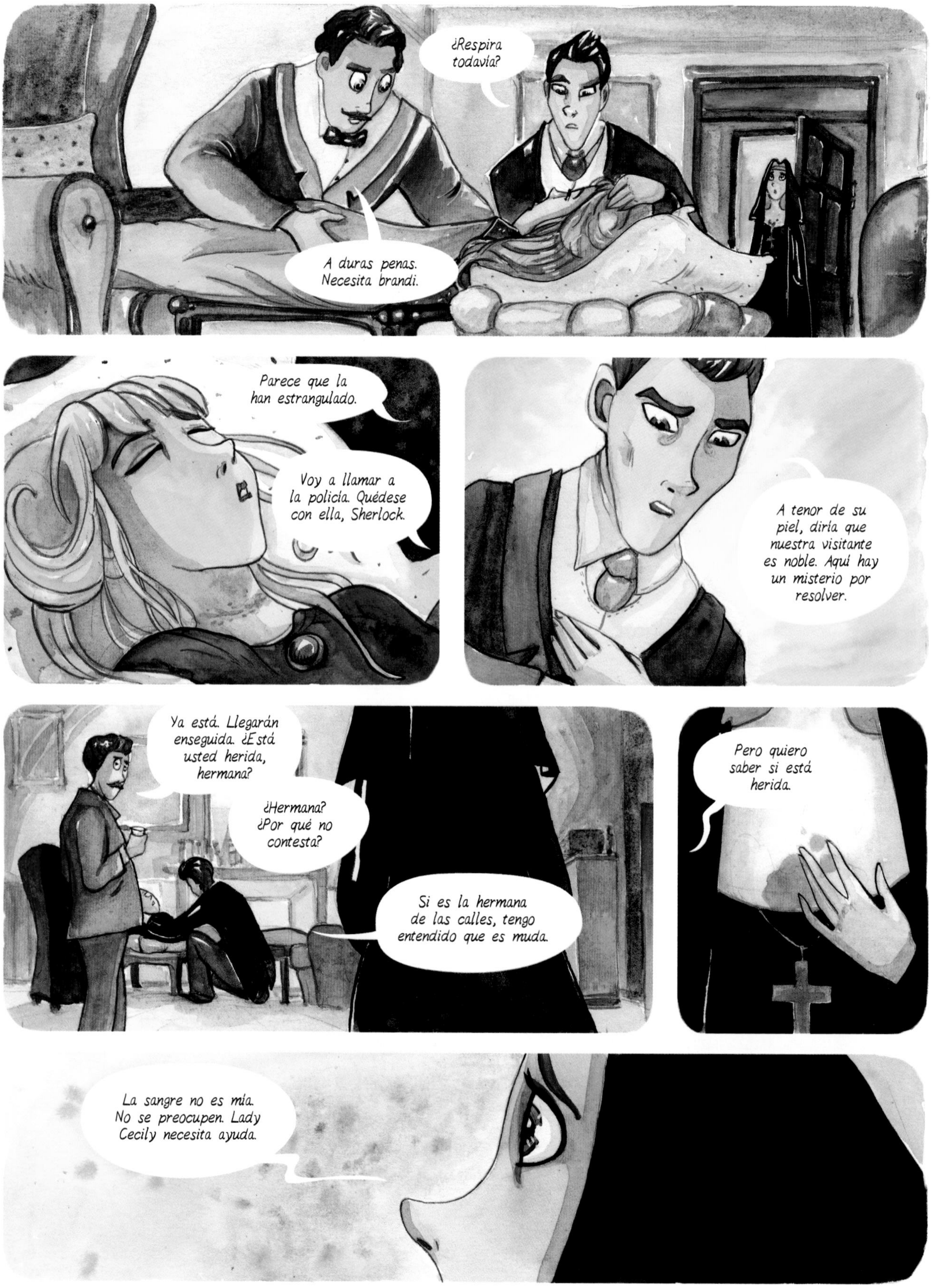
¿Respira todavía?
A duras penas. Necesita brandi.
Parece que la han estrangulado.
Voy a llamar a la policía. Quédese con ella, Sherlock.
A tenor de su piel, diría que nuestra visitante es noble. Aquí hay un misterio por resolver.
Ya está. Llegarán enseguida. ¿Está usted herida, hermana?
¿Hermana? ¿Por qué no contesta?
Si es la hermana de las calles, tengo entendido que es muda.
Pero quiero saber si está herida.
La sangre no es mía. No se preocupen. Lady Cecily necesita ayuda.

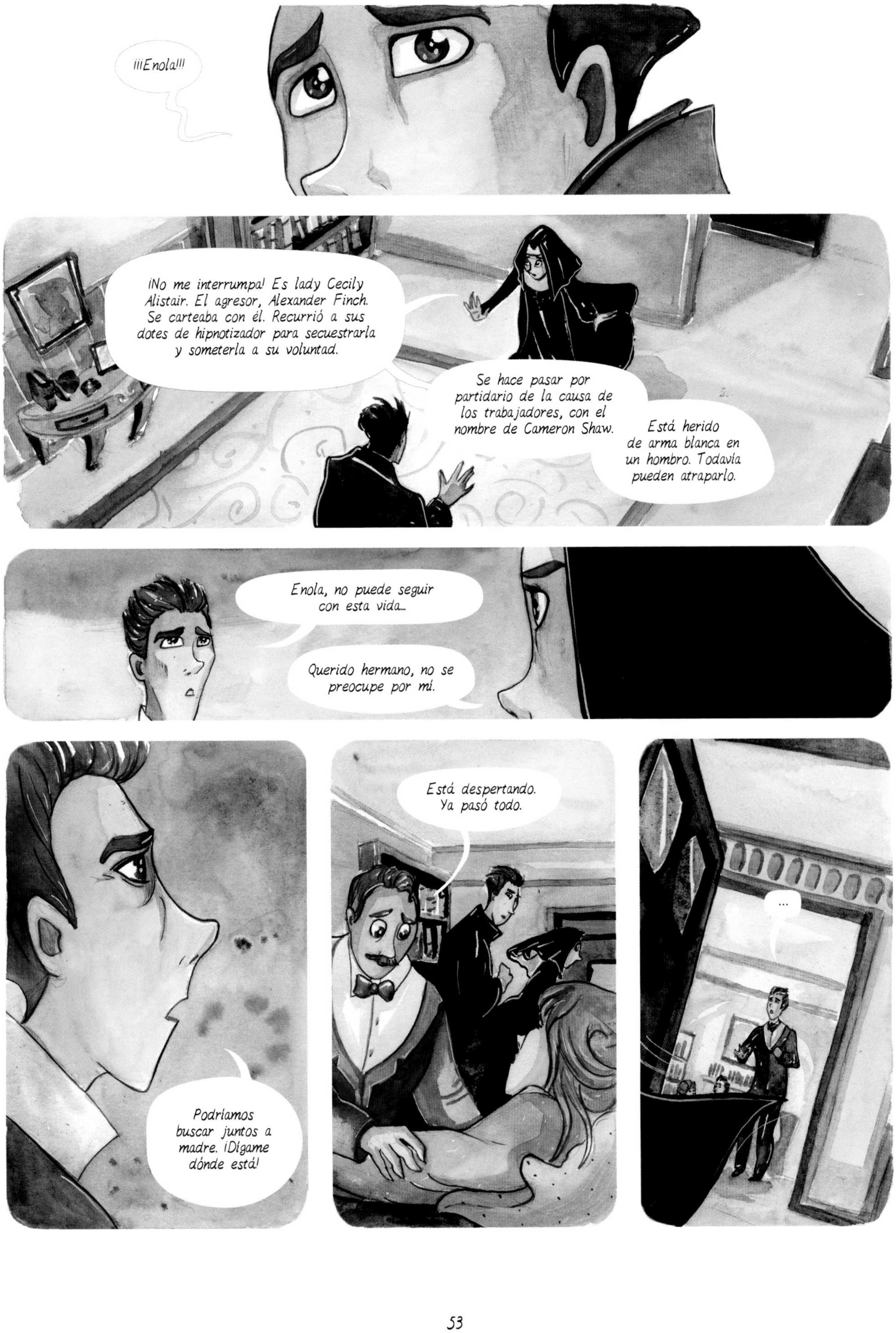
¡¡¡Enola!!!
¡No me interrumpa! Es lady Cecily Alistair. El agresor, Alexander Finch. Se carteaba con él. Recurrió a sus dotes de hipnotizador para secuestrarla y someterla a su voluntad.
Se hace pasar por partidario de la causa de los trabajadores, con el nombre de Cameron Shaw.
Está herido de arma blanca en un hombro. Todavía pueden atraparlo.
Enola, no puede seguir con esta vida...
Querido hermano, no se preocupe por mí.
Podríamos buscar juntos a madre. ¡Dígame dónde está!
Está despertando. Ya pasó todo.
...

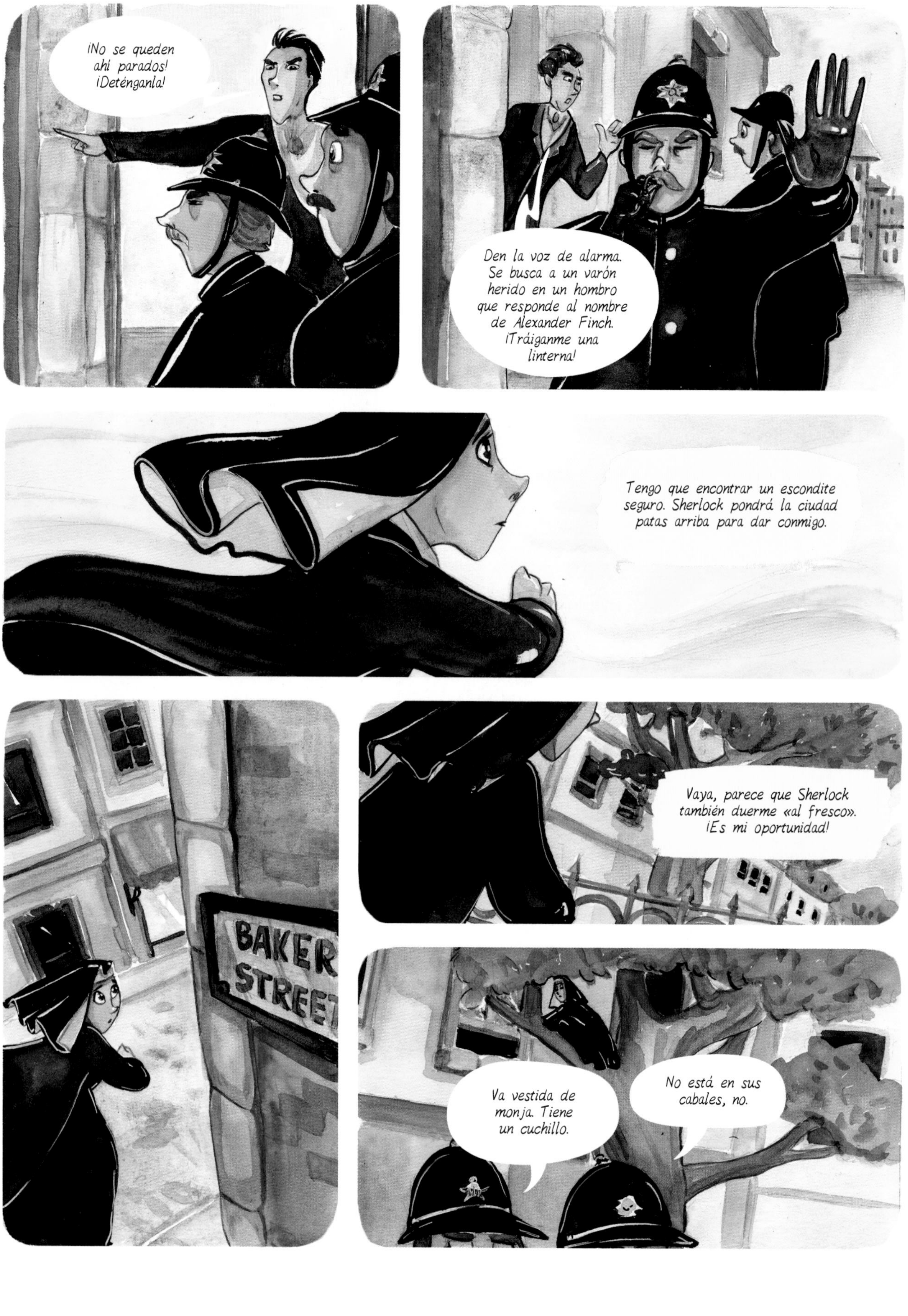
¡No se queden ahí parados! ¡Deténganla!
Den la voz de alarma. Se busca a un varón herido en un hombro que responde al nombre de Alexander Finch. ¡Tráiganme una linterna!
Tengo que encontrar un escondite seguro. Sherlock pondrá la ciudad patas arriba para dar conmigo.
BAKER STREET
Vaya, parece que Sherlock también duerme «al fresco». ¡Es mi oportunidad!
Va vestida de monja. Tiene un cuchillo.
No está en sus cabales, no.

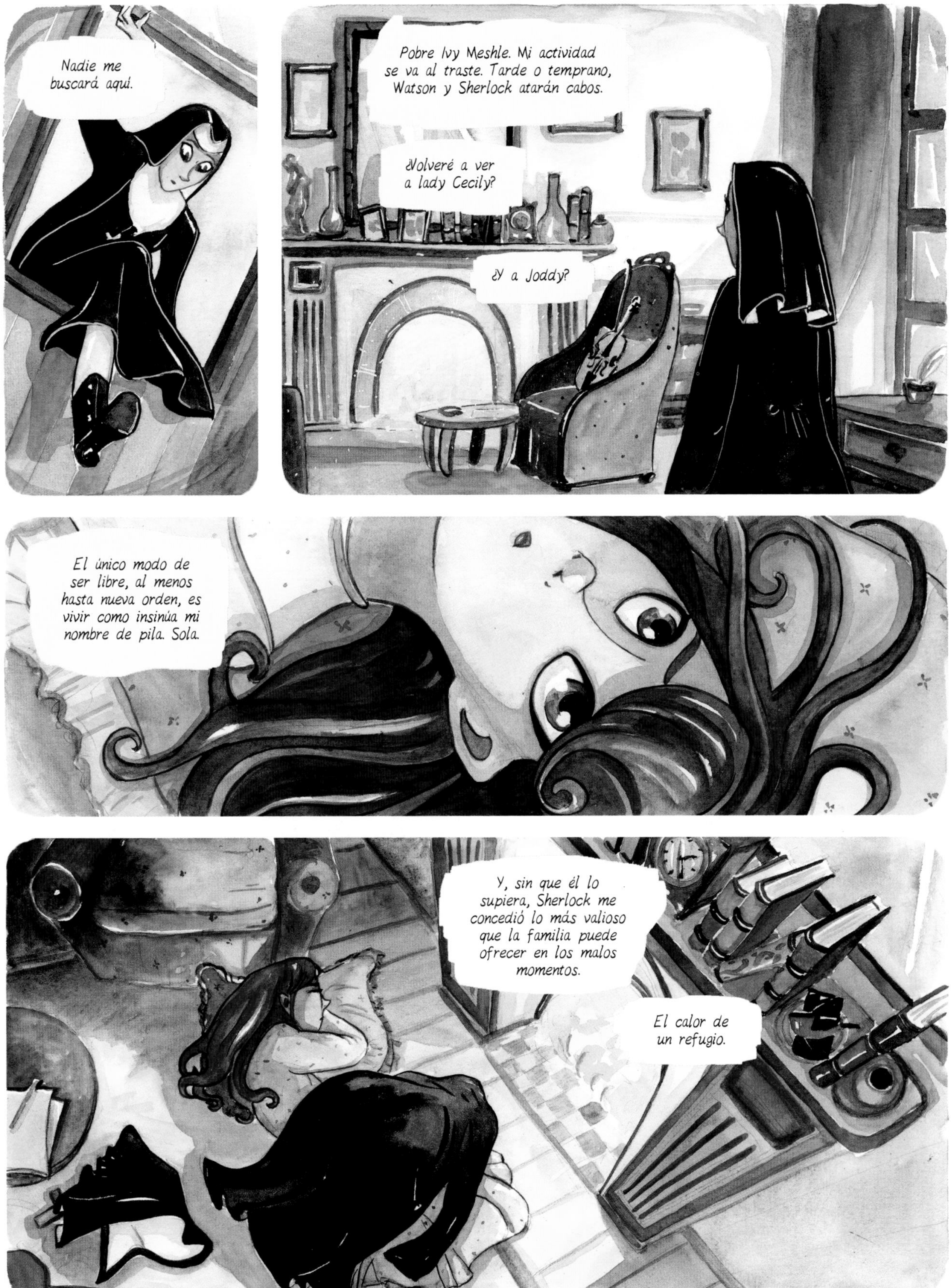
Nadie me buscará aquí.
Pobre Ivy Meshle. Mi actividad se va al traste. Tarde o temprano, Watson y Sherlock atarán cabos.
¿Volveré a ver a lady Cecily?
¿Y a Joddy?
El único modo de ser libre, al menos hasta nueva orden, es vivir como insinúa mi nombre de pila. Sola.
Y, sin que él lo supiera, Sherlock me concedió lo más valioso que la familia puede ofrecer en los malos momentos.
El calor de un refugio.

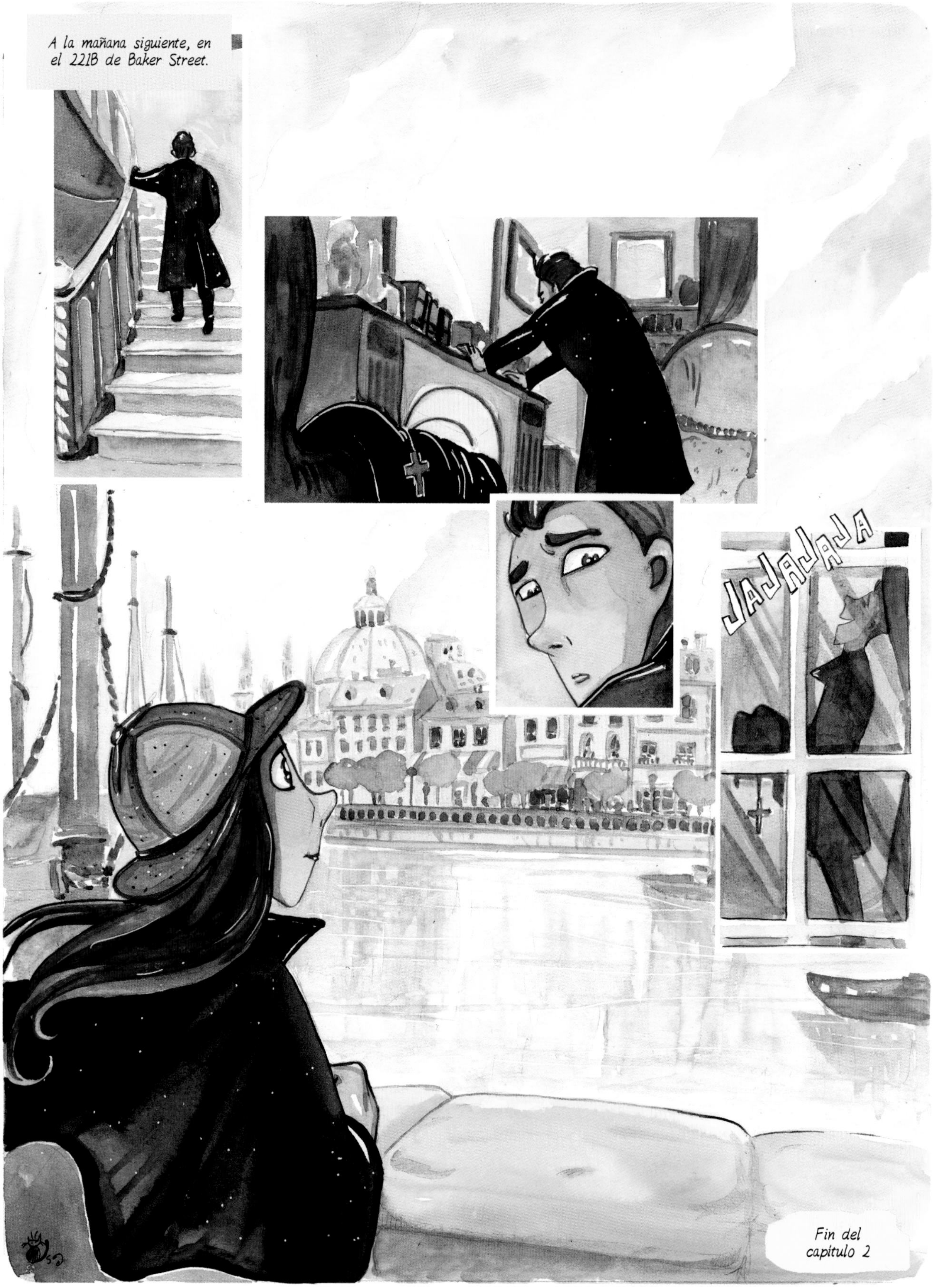
A la mañana siguiente, en el 221B de Baker Street.
JAJAJAJA
Fin del capítulo 2

CUADERNO SECRETO

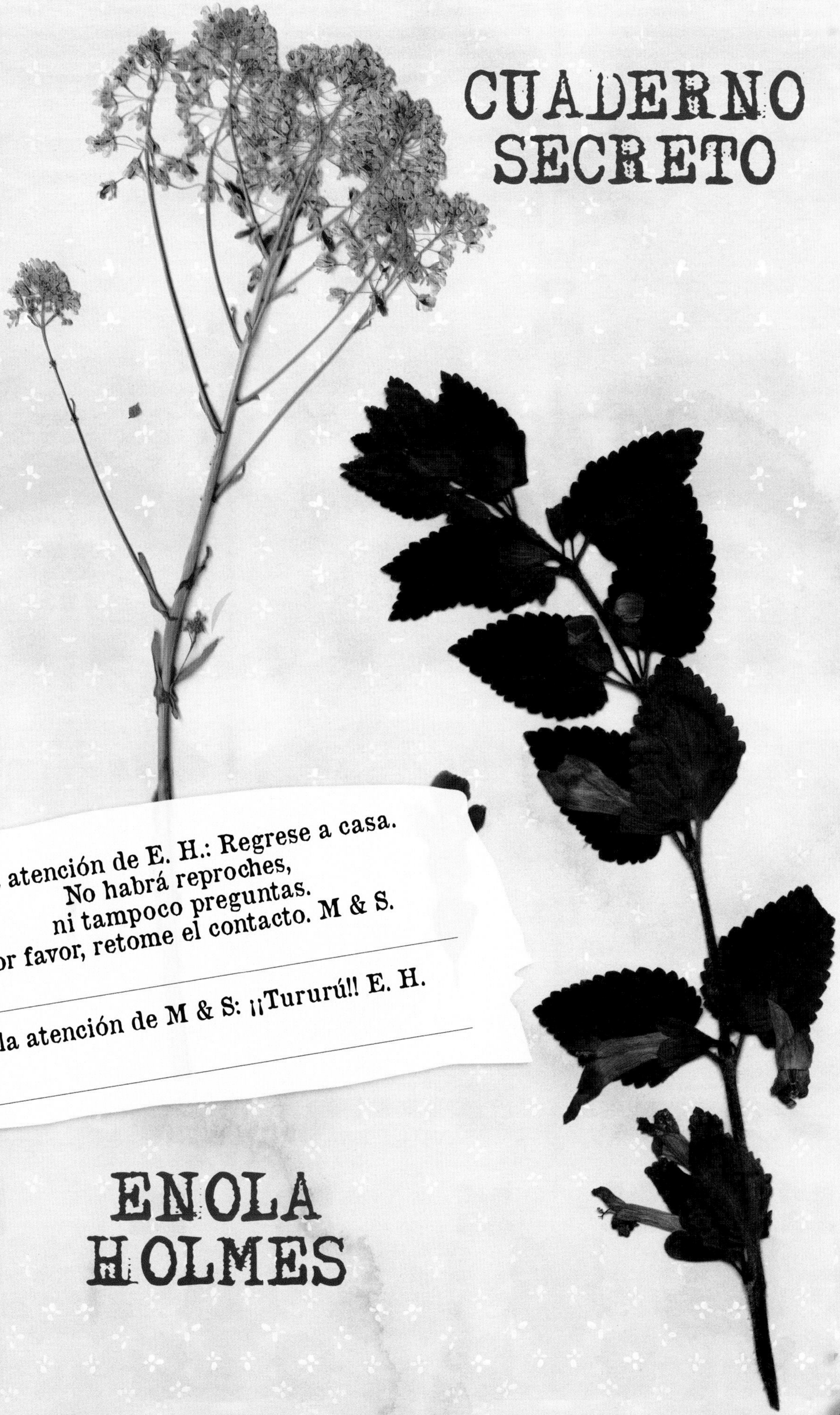

A la atención de E. H.: Regrese a casa.
No habrá reproches,
ni tampoco preguntas.
Por favor, retome el contacto. M & S.

A la atención de M & S: ¡¡Tururú!! E. H.

ENOLA HOLMES

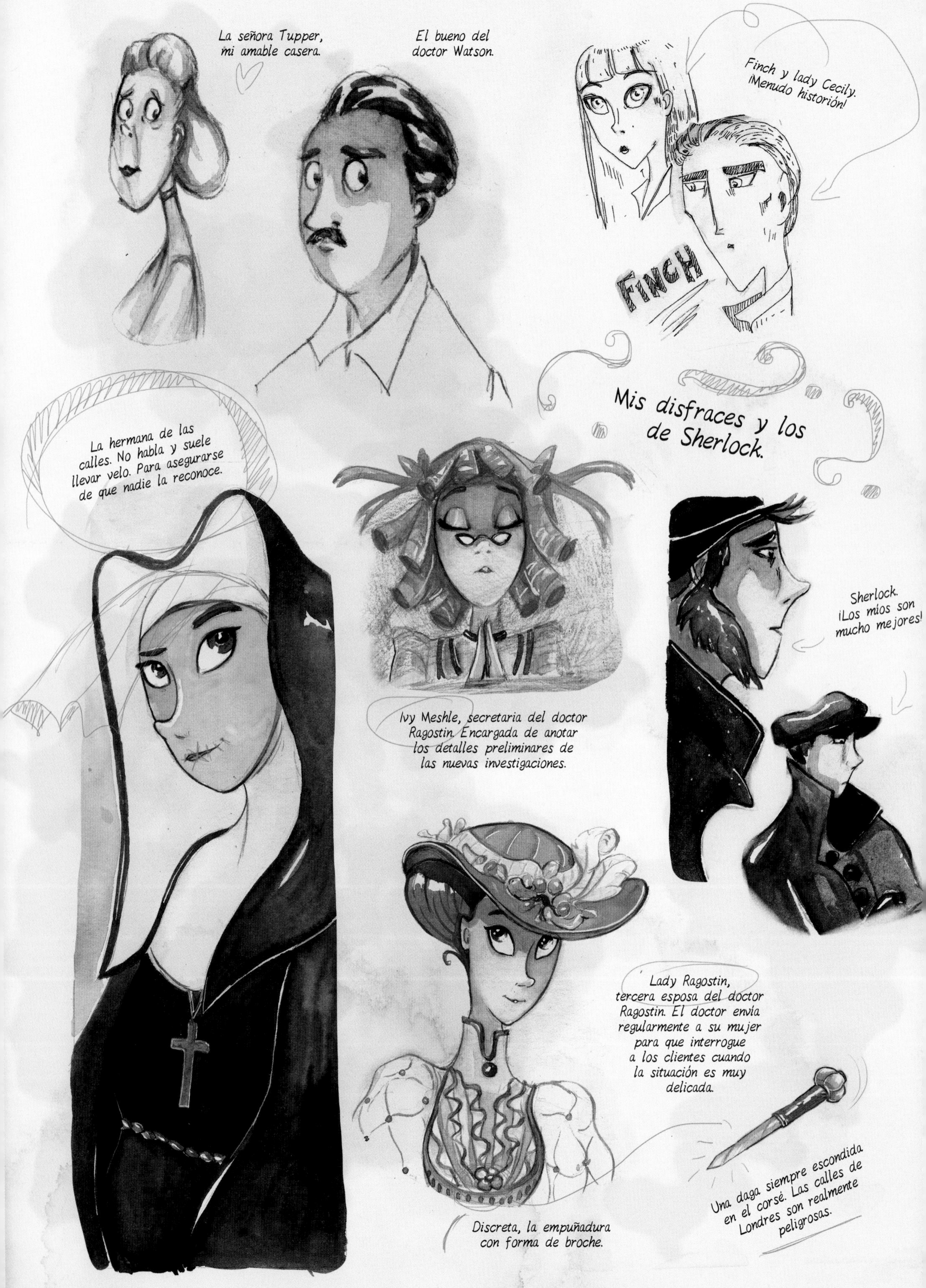

La señora Tupper, mi amable casera.
El bueno del doctor Watson.
Finch y lady Cecily. ¡Menudo historión!
FINCH
Mis disfraces y los de Sherlock.
La hermana de las calles. No habla y suele llevar velo. Para asegurarse de que nadie la reconoce.
Ivy Meshle, secretaria del doctor Ragostin. Encargada de anotar los detalles preliminares de las nuevas investigaciones.
Sherlock. ¡Los míos son mucho mejores!
Lady Ragostin, tercera esposa del doctor Ragostin. El doctor envía regularmente a su mujer para que interrogue a los clientes cuando la situación es muy delicada.
Una daga siempre escondida en el corsé. Las calles de Londres son realmente peligrosas.
Discreta, la empuñadura con forma de broche.

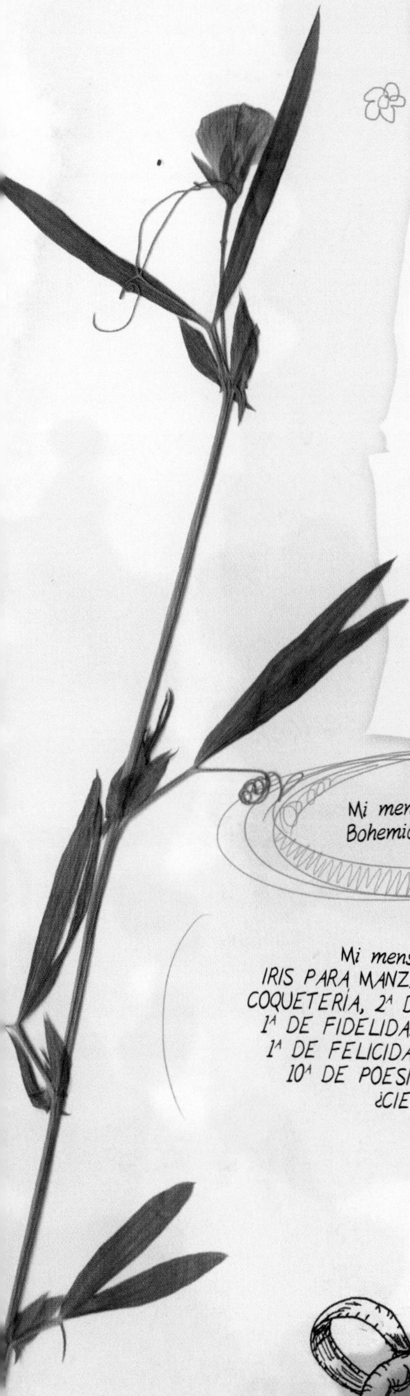

Mensajes en clave a partir de flores

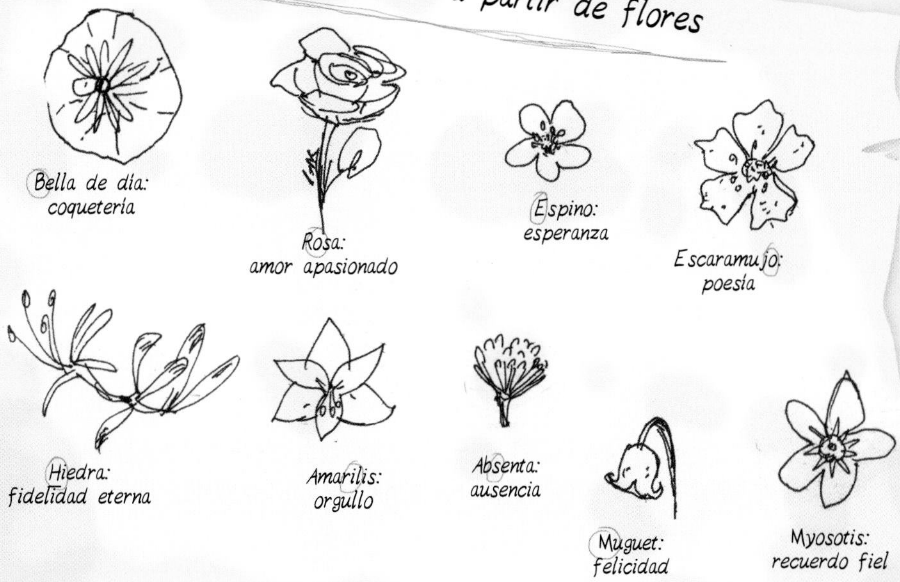

Bella de día:
coquetería
Rosa:
amor apasionado
Espino:
esperanza
Escaramujo:
poesía
Hiedra:
fidelidad eterna
Amarilis:
orgullo
Absenta:
ausencia
Muguet:
felicidad
Myosotis:
recuerdo fiel

Mi mensaje de base:
Bohemios. ¿Cierto? Ivy

Estoy segura de que madre se ha ido con los bohemios. Su último mensaje daba a entender una vida libre y vagabunda (rosa trepadora).

Mi mensaje en clave:
IRIS PARA MANZANILLA: 1ª LETRA DE COQUETERÍA, 2ª DEL AMOR APASIONADO, 1ª DE FIDELIDAD, 1ª DE ESPERANZA 1ª DE FELICIDAD, 5ª DEL ORGULLO, 10ª DE POESÍA, 3ª DE AUSENCIA. ¿CIERTO? IVY.

La respuesta descodificada de madre:
Sí. Y tú, Ivy, ¿dónde estás?

He respondido solamente: LONDRES

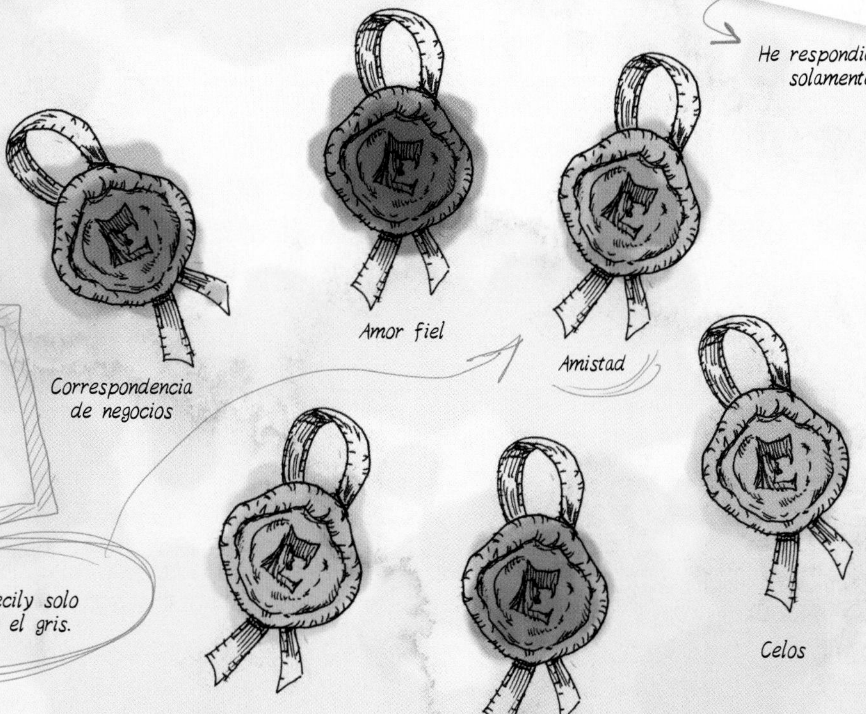

Correspondencia de negocios
Amor fiel
Amistad
Animar a un pretendiente tímido
Pésame
Celos

Los colores del lacre para sellar cartas tienen diversos significados.

Lady Cecily solo empleó el gris.

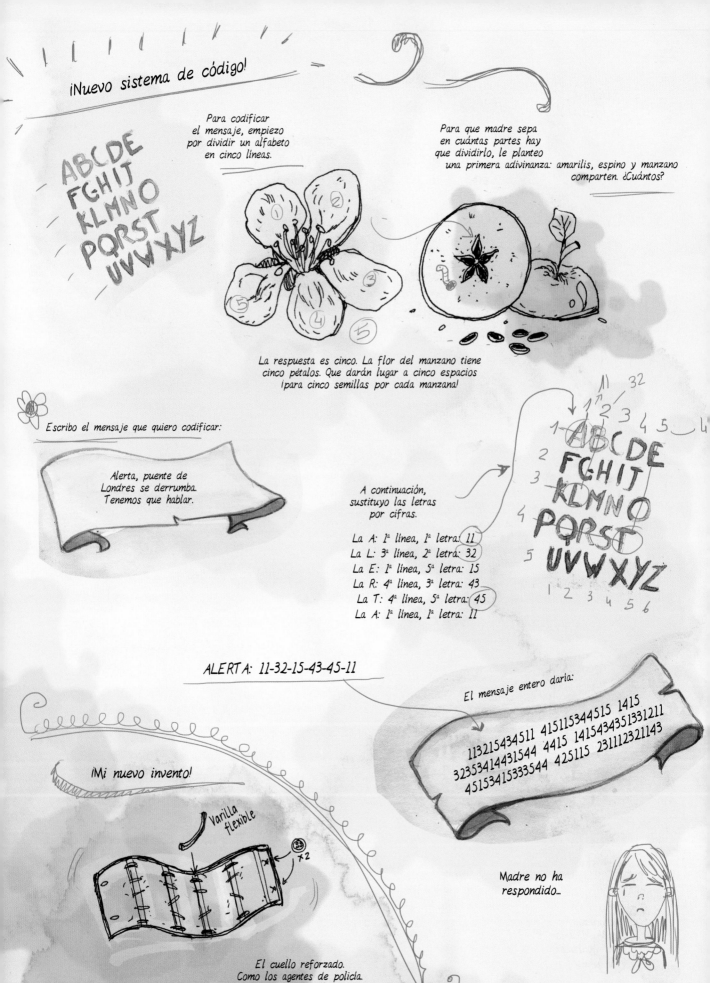

¡Nuevo sistema de código!

ABCDE
FGHIJ
KLMNO
PQRST
UVWXYZ

Para codificar el mensaje, empiezo por dividir un alfabeto en cinco líneas.

Para que madre sepa en cuántas partes hay que dividirlo, le planteo una primera adivinanza: amarilis, espino y manzano comparten. ¿Cuántos?

La respuesta es cinco. La flor del manzano tiene cinco pétalos. Que darán lugar a cinco espacios ¡para cinco semillas por cada manzana!

Escribo el mensaje que quiero codificar:

Alerta, puente de Londres se derrumba. Tenemos que hablar.

A continuación, sustituyo las letras por cifras.

La A: 1ª línea, 1ª letra: 11
La L: 3ª línea, 2ª letra: 32
La E: 1ª línea, 5ª letra: 15
La R: 4ª línea, 3ª letra: 43
La T: 4ª línea, 5ª letra: 45
La A: 1ª línea, 1ª letra: 11

ABCDE
FGHIJ
KLMNO
PQRST
UVWXYZ
1 2 3 4 5 6

ALERTA: 11-32-15-43-45-11

El mensaje entero daría:

113215434511 415115344515 1415
32353414431544 4415 1415434351331211
45153415333544 425115 231112321143

¡Mi nuevo invento!

Varilla flexible
×2

El cuello reforzado. Como los agentes de policía. ¡Garantía antidegolladores!

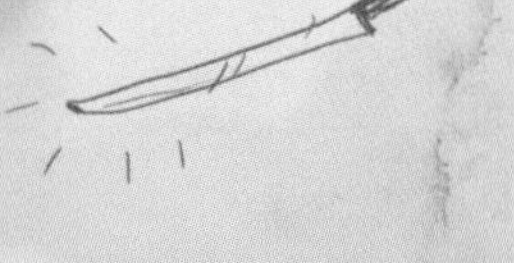

Madre no ha respondido...

El misterio de lady Cecily

2 de enero.
Aburrimiento mortal. Todo el mundo habla de los buenos propósitos de Año Nuevo, pero ¿para qué? Si al menos fueran para mejorar el mundo. Las calles están llenas de niños harapientos, y yo mientras obligada a caminar de espaldas con una cola de tres metros. Mi vida está vacía de sentido, de objetivos.

Cecily había escrito esta página con la mano izquierda, y del revés. Solo puede leerse correctamente mirando la hoja en un espejo.

Muchas preguntas sobre la ley para los pobres. Cuando padre los tacha de vulgares, me cuesta morderme la lengua.

¡Los zurdos están muy mal vistos! Los niños que muestran tendencia a ser zurdos son obligados a escribir con la mano derecha. Los reglazos en la mano «mala» son frecuentes. Y, a veces, los educadores les atan la izquierda a la espalda.

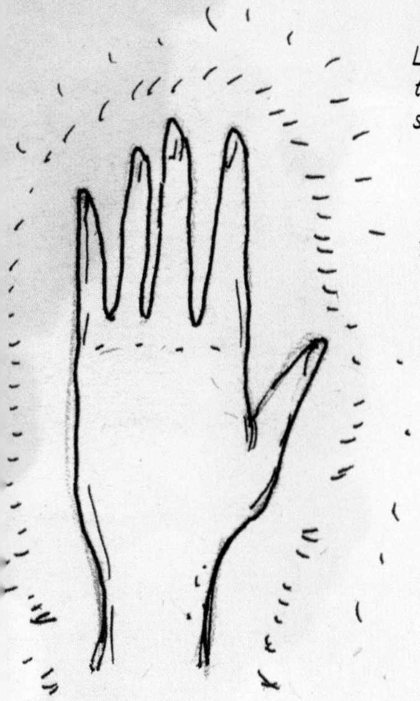

El fresco

Al parecer, dormir con la ventana abierta de noche ayuda a despertar con buena cara. Está muy de moda entre las familias de la alta sociedad. Madre también nos hacía dormir al fresco.

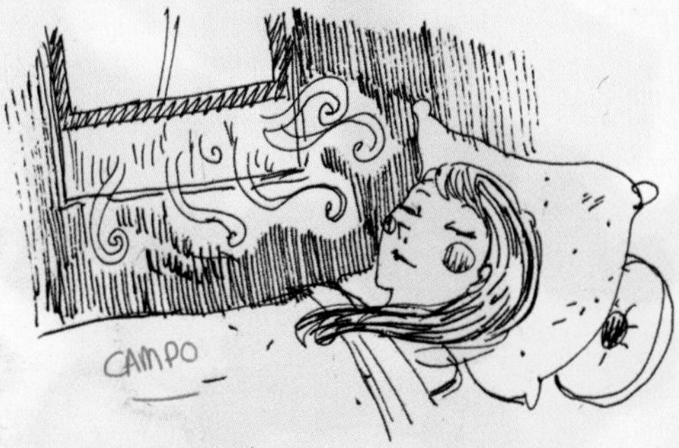
CAMPO

Solo que el aire del campo, de acuerdo, pero ¡dudo mucho que la contaminación de Londres ponga las mejillas sonrosadas!

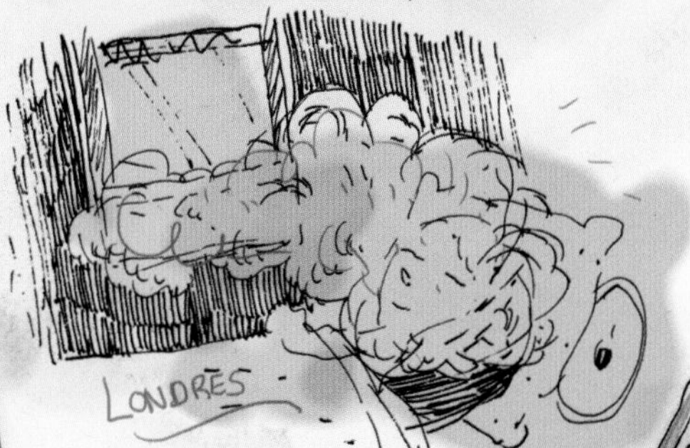
LONDRES

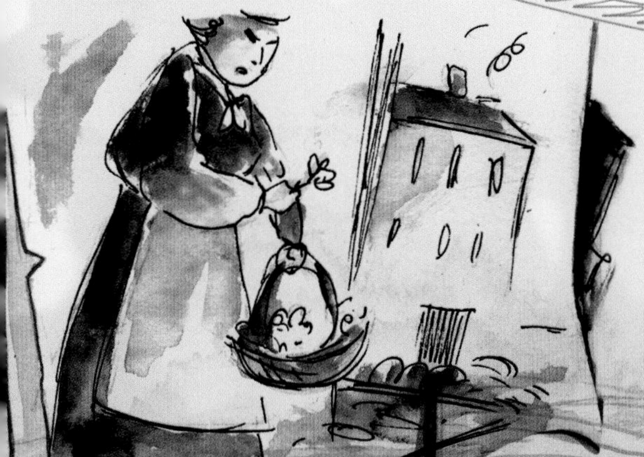

Dibujo de Cecily con la mano izquierda. Trazos más marcados y vivos.

Lady Cecily también dejaba la ventana abierta. El secuestrador pudo entrar por ahí para hipnotizarla.

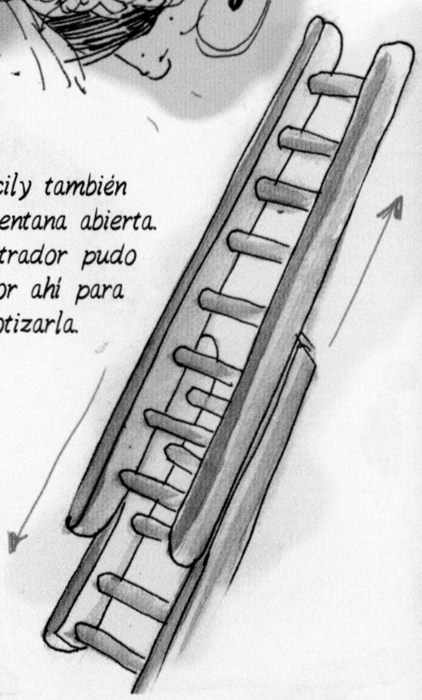

Dibujo con la derecha. Dibujo más vacilante e insulso.

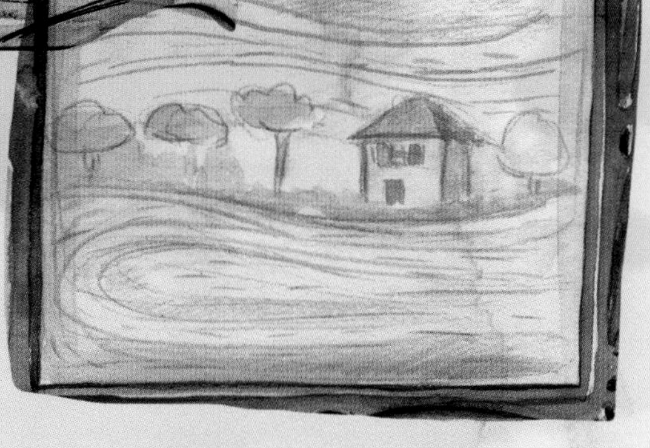

Biscuits
BISCUITS

El pack para los sin techo.

Fabrico mini-estufas con cajitas metálicas para galletas y un paño empapado en alcohol. Una chispita basta para que la caja permita calentarse las manos. Para apagar el fuego, se baja la tapa y listo.

También hago mantas a partir de telas viejas que voy consiguiendo aquí y allá. Y algo de comer.

El capital

¡Objeto de escándalo! En él, Karl Marx denuncia la situación de los obreros, que a menudo son explotados y obligados a trabajar a cambio de salarios muy bajos. Critica la amplitud de la brecha que separa a la burguesía de las «masas laboriosas». Al menos, es lo que yo he entendido. Es un poco complicado de leer.

Das Kapital.
Karl Marx

Los obreros se unen.

HIPNOSIS

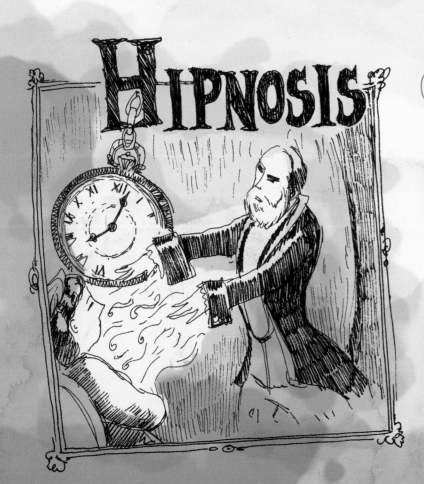

¡¡¡La hipnosis!!!

¡Está muy de moda! En origen, algunos médicos utilizaban la hipnosis para tratar trastornos mentales. Pero ahora se ha convertido en espectáculo. El hipnotizador es capaz de sumir a una persona en un sueño profundo utilizando sus manos o un reloj de bolsillo. Sin embargo, el durmiente oye y puede obedecer las órdenes del maestro.
Yo no creía en la hipnosis, pero ¡lady Cecily me ha hecho dudar!
Sea como sea, causa furor entre la alta sociedad.

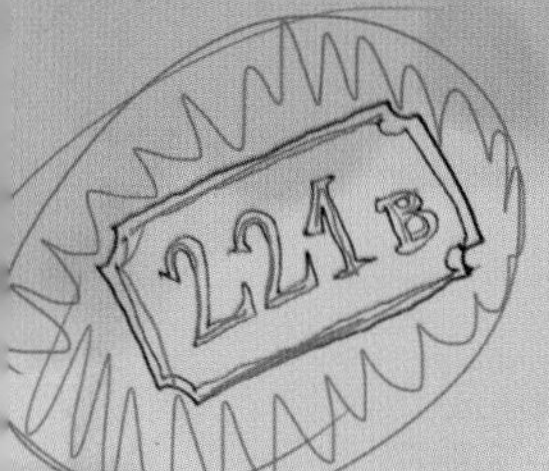
221 B

¡La casa de Sherlock!

En el 221B de Baker Street. He descubierto dónde vive mi hermano, y he fisgoneado un poco entre sus cosas.

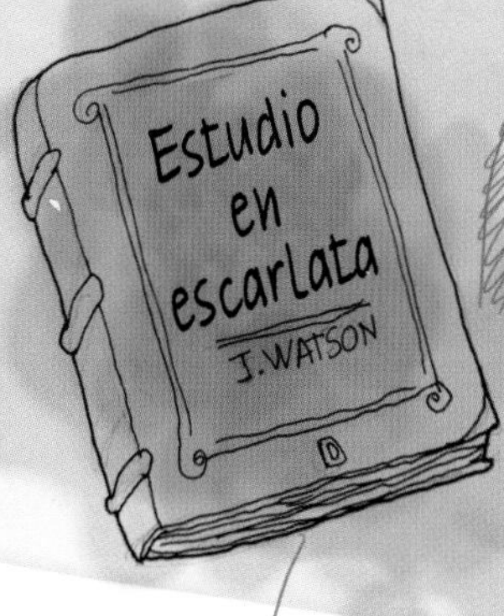
Estudio en escarlata
J. WATSON

Un ejemplar de la novela de John Watson, en la que narra un caso de Sherlock. ¡Una intriga apasionante!

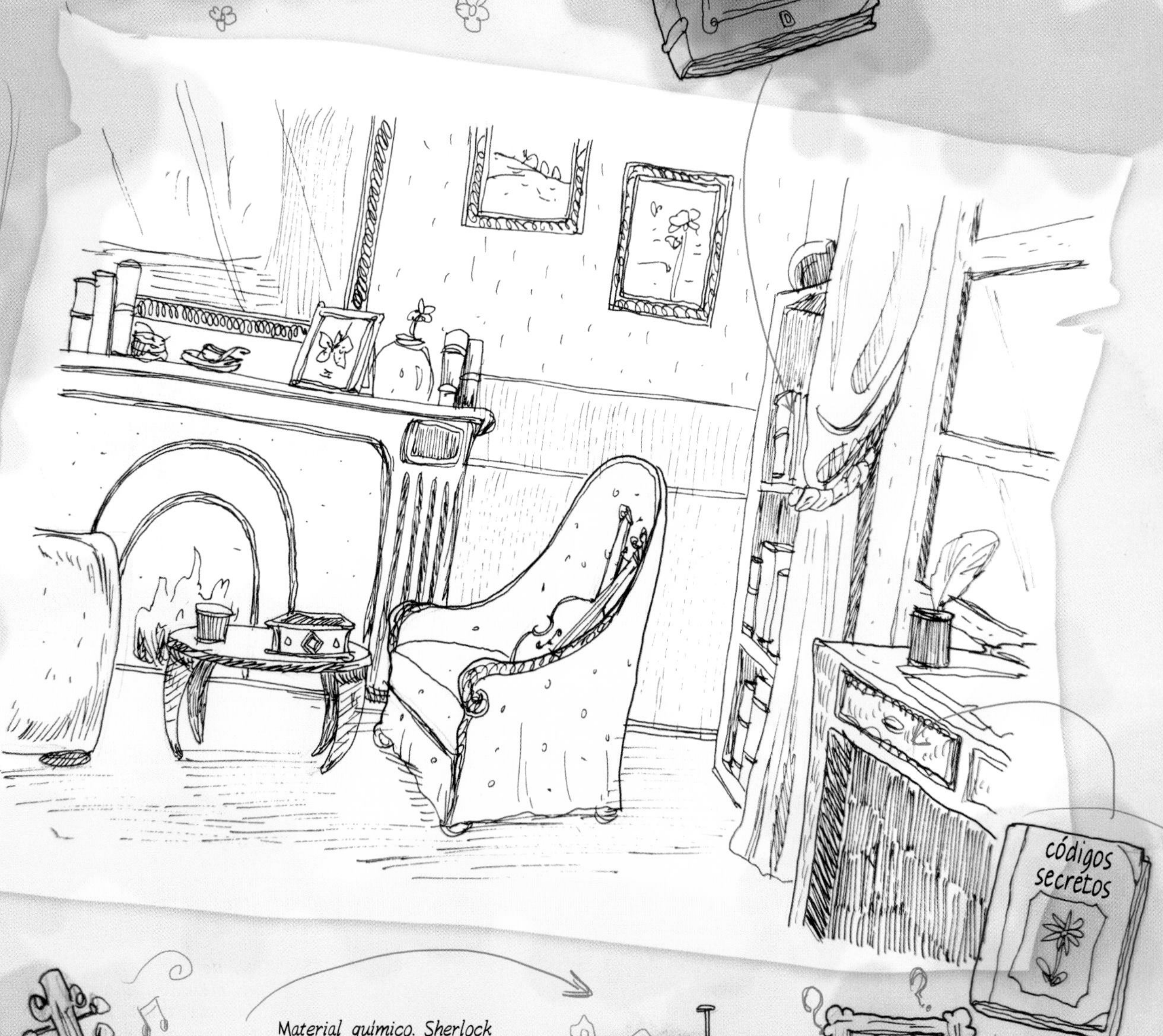
códigos secretos

Material químico. Sherlock analiza las pruebas halladas en la escena del crimen. Es una de las pocas personas que recurre a la química y la ciencia para resolver sus investigaciones.

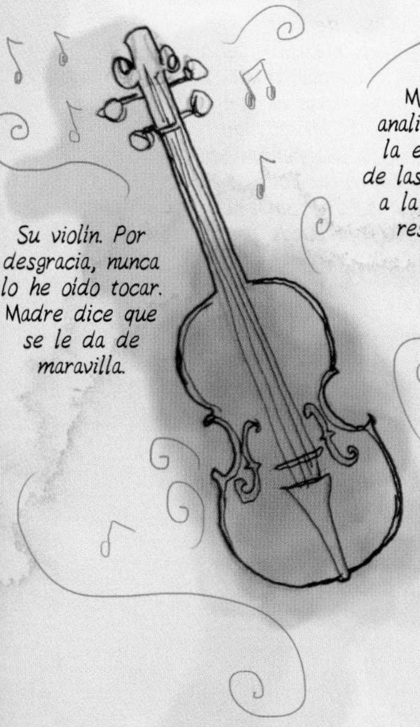

Su violín. Por desgracia, nunca lo he oído tocar. Madre dice que se le da de maravilla.

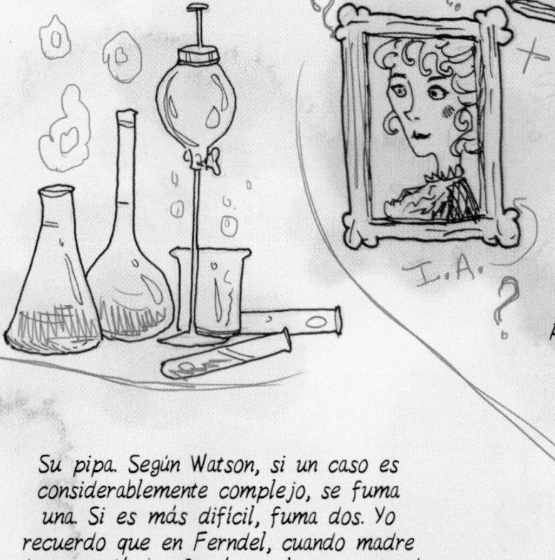
I. A.

Encontrado en un cajón. El cuaderno de madre, bocetos de perros aterradores, y el retrato de una mujer. En el dorso pone I. A. No imaginaba que Sherlock tuviera amigas.

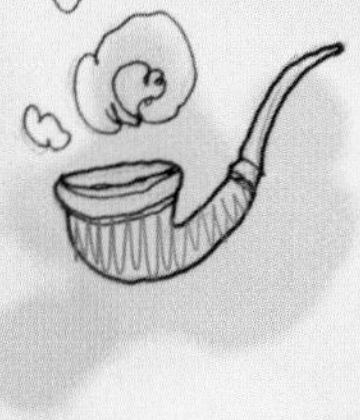

Su pipa. Según Watson, si un caso es considerablemente complejo, se fuma una. Si es más difícil, fuma dos. Yo recuerdo que en Ferndel, cuando madre desapareció, ¡se fumó por lo menos tres!

x3 !

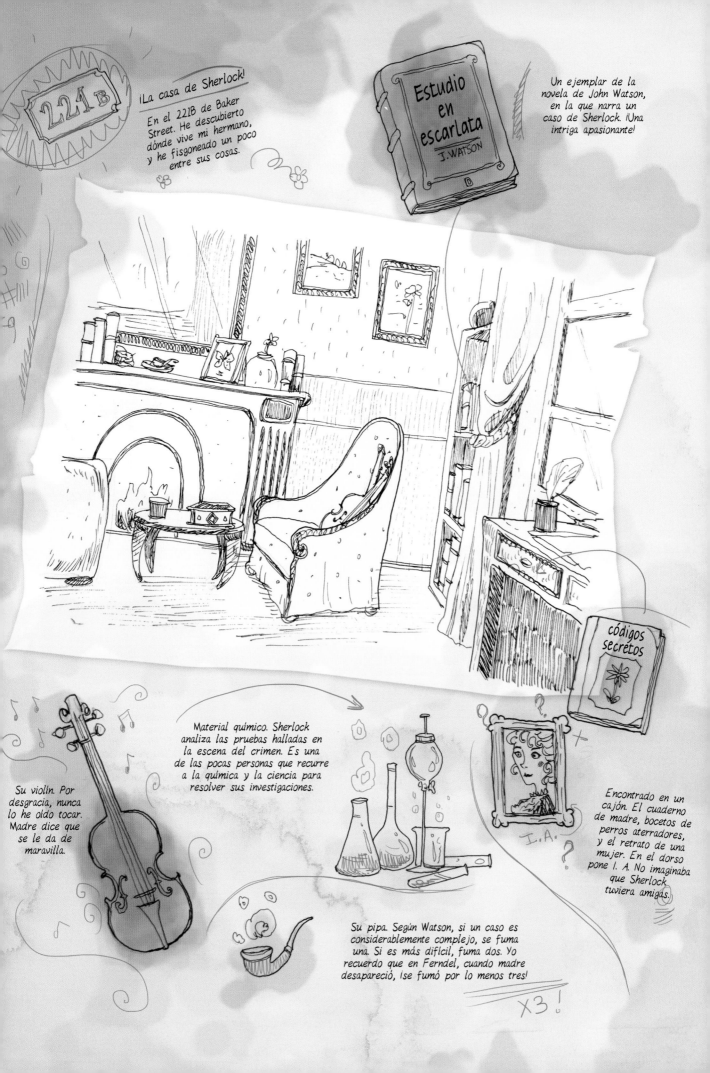

IRIS PARA MANZANILLA:
LA SEXTA Y LA TERCERA LETRA
DE LA MODESTIA; LA CUARTA DE
LA FIDELIDAD; LA DÉCIMA DE
LA POESÍA; LA SEXTA DE LA
JUVENTUD; LA QUINTA Y LA
PRIMERA DE LA FRANQUEZA;
LA TERCERA Y LA OCTAVA DE LA
ETERNIDAD; LA OCTAVA DE LA
IMPACIENCIA. ¿Y USTED? SU IVY.

VIOLETA

HIEDRA

ESCARAMUJO

PRIMAVERA

BORRAJA

CRISANTEMO

BALSAMINA